STEP INTO MY ROOM THIS AFTERNOON

温凯尔 著
By Kasper

午后进入我房间

上海文艺出版社

目录

001　那个阿尔巴尼亚人

047　夏威夷甜心

067　长岛酒吧

131　枯枝败叶

159　替　身

185　蓝色布洛芬

219　风　景

249　天使的房间

那个阿尔巴尼亚人

人们都知道那个阿尔巴尼亚人,名字很特殊,柯德伯莱亚·霍尔帕斯,人们叫他柯德。他是在一次"研究考核项目"中逃到这儿——伊利亚街,之所以说逃,是因为我母亲说他们的研究小组是一个惯犯团体,靠拉拢业内人士取得投资,骗取资金,当然有时也会蒙面抢劫,像大家看到的劫匪那样凶悍行事。总之关于他们行窃的事迹有很多。带队的领袖在被捉到的时候由于反抗而受到枪伤,柯德则在混乱中跑到这里来了,这是母亲的版本。但跟柯德相处的时候他说那是因为他的家属才是团体惯犯,或者叫他们劫匪吧,柯德无法摆脱他们的命令,知道违法犯罪却不能说服他们回头是岸,更不忍心向警方举报。于是他离开了家人,一个人来到这,并表明自己身份合法。起初我一直对母亲的话深信不疑,后来我发现母亲是因为一开始不太欣赏他那过去的为人与不良的习惯，对他有偏见，但不管如何，我父亲视柯德为好友，母亲不得不开始接受这一切。

"我要真的是小偷或劫匪，你家的东西早就被我偷完了。"柯德常常对我这么强调，"没有什么团体，项目的研究资金不过是让他们听起来显得像专家而已。"柯德冷静地解释他的家庭情况。不过父亲也对我说，他不相信柯德是那样的人，再者，如果一个人真的犯了错，也该给他们悔过的机会，他们来到一个新的地方，或许是想要重新做人，如果你还针对着他们的过去不放手，那么他们会受挫，对生活绝望。

现在，伊利亚街的人们对柯德还算不错，喜欢开他玩笑，特别是沃克。沃克是街口一家商店的老板。每次母亲要我到街口的商店去买黄油或者牛奶的时候，沃克都会问我今天有没有长高，没有长高的话要买多一些。如果我在那碰到了柯德，沃克就会跟柯德说话而忽略我。不过沃克问的那些问题几乎一样，我已经对他没有任何兴趣，他总是说柯德是时候该找个太太："你该还不会没碰过女人吧？"这时柯德就不说话，只是笑笑。沃克又说："你跟布里斯没什么区别嘛。"柯德看着我，对我笑笑："是吗？布里斯。"

午后进入我房间

每个礼拜父亲都会开车到超市或者大型百货购物，这时柯德也会在车上同我们一起去，他和我坐在后排，母亲在副驾驶列着清单（她总是那么做，不到最后一刻不着急）。父亲开车不算慢，但每次要经过街口的时候我跟柯德都会要求他加速，避开沃克的视线。"我不得不慢下来，在街口没多远有交通灯，我可不能那么做。"父亲说。于是每次到了街口，我跟柯德都低下头埋在自己双腿之间，母亲则会用列清单的纸挡着自己的一边脸。"我不知道你们为什么要那么做，沃克先生不会怪你们的。如果他的商店没有你们所需的东西，那是再正常不过的事。"但母亲也表示不太好意思被沃克知道我们前去超市购物而没有帮衬他，柯德赞同，而我则因为感觉好玩。我猜柯德不是那么喜欢沃克，毕竟沃克经常拿他开玩笑。不过他是个大度的人，尽管有时候他会沉默，也有些时候我听见他自言自语说着他们国家的语言，我问父亲那是什么，他说那是阿尔巴尼亚语。听起来有时很粗鲁，有时又很正派，这取决于他的语气。

柯德常常说起超市那些甜菜、马铃薯跟玉米都没有他们阿尔巴尼亚的好，还提到进口食物区也不过是一些皱巴巴的次品，港口工作人员对待这些东西很粗鲁。他小时候在都拉斯港口待过，那里长期输送巨量的面粉，也许还有烟草。他会在那看集装箱起起落落，一看就是一个下午，直到太阳下山，看到海面金光闪闪的斜阳。那是亚得里亚海，他告诉我，那里每天都很繁忙，只要通往地中海进出的船只都会经过那，我对此深信不疑。

后来，大概是沃克的话太多了，柯德有一次在我们家吃饭的时候，也提出他想要找个太太，不过他不是那么好意思，他婉转地说，他会在每天入睡的时候感到自己厌倦了一个人生活。一开始我母亲十分惊讶，我猜她是担心柯德想要搬过来跟我们住，不过我觉得她太多疑了（如果真是的话，我很高兴柯德住在我们家）。父母都放下了汤勺，等着他说下去，但他又好久没说，父亲眼睛转了一圈，知道了他的意思，严肃起来。是该找个太太了，父亲说。母亲舒了一口气，双手捂着胸口，不再多虑，同时意识到柯德年纪不小了。

"附近你有什么心水的女孩吗？也许我可以帮你打听一下对方的意愿。"父亲说。

"老天爷，"母亲歪着脑袋，"伊利亚街就没有什么好姑娘，好姑娘都嫁出去了。"

"你是好姑娘吗？"我问母亲。

"当然。"她有些不满我这么问。

"人总是有缺点或者不好的地方，但这并不妨碍人们成长。"父亲说。

母亲忽然想起什么:"不过,沃克的女儿还不错,长得像奥地利冠军选美小姐,我前几天在电视上看到,以为伊利亚街出了一个国际人物。"

"我不会同沃克建立良好的关系。"柯德说。

"确实是个难搞的家伙。噢,"母亲又想起一个人,"其实我认为吉娜也是个不错的女人,持家,勤俭,一头红色大卷发在太阳下真是美极了,还吹得一口好琴。"

"什么琴?"柯德问,似乎有兴趣的样子。

"口琴。"

"吉娜是莉莉的母亲,莉莉以前在课堂坐在我前面呢。"我插嘴。

柯德似乎有些失望地看着我,母亲叫我别说话。

"她的丈夫在参加南部打鱼大赛中不幸丧命,人们不知道他的船会漂至漩涡附近,他当时如果提早放弃那个渔网也许还能生存下来,好多年前的事了。"父亲说,"年轻时我同他一起在水里捕过鱼,他其实有这个能力,对淡水鱼和海鱼都非常熟悉,若不是发生事故,那十万块的奖金就是他的了。那时候他们想要拿到这笔钱对房子进行一番装修,现在吉娜仍然过着勤俭的生活,她在检疫站的工作虽然待遇不错,但要修一个大房子,除了资金不够之外,她也不擅长这方面的事务。"

"或者她在等某个男人,成立家庭再去行动似乎是更好的开始。"母亲说。

后来大家都沉默,似乎要给柯德一些冷静思考的时间。他离开之后,父亲又说他是个阿尔巴尼亚人,说不定他不会喜欢吉娜。母亲信心满满,认为吉娜是目前最合适的人选,她说整个国家都一样,没有哪个适婚的奥地利男人不会喜欢吉娜,除非这个男人不够成熟。

我一直想跟莉莉说这件事,想知道她对柯德有什么看法,但是我同莉莉已经好久不说话了。班上分帮结派的时候,她加入了"粉红烈女",还有一些成绩好的则为自己建立了"学生会榜单候选人",许多男孩劝我加入"钓鱼组织"或者"银河战队",但我对这些没有任何兴趣,独自一人。从那之后,莉莉就不怎么跟我玩了,如果放学回伊利亚街的时候遇到,她会喊我一声,仅此而已。

以往这个时候,如果我到维摩耶河里玩耍,柯德有空都会跟我一起来,有时只是坐在岸边胡言乱语,有时静静地抽烟。我问他为什么会跟一个小孩子待在一起,他说跟我一起没有任何压力,他不喜欢压力,我从来不懂什么是压力。我问过母亲,母亲说压力代表紧张以及不安但不会绝望。但是今年夏末,柯德很少来了,偶尔过来也只是说让我早点回去，秋天快要到了，傍晚天气寒凉，我母亲会生气的。有一次我来得晚，柯德已经在那里了，他坐在岸边，没有穿衣服，指间夹着烟。我正要喊他的时候，又看见了另一个女人在那，同样赤裸身子，经过柯德身边往水里走去，每走一步，她就轻声尖叫着，说水太凉了。随后柯德挤灭烟头，起身跟在女人身后，速度更快一些，好追到她。他们站在河里，一会儿拉手，一会儿亲吻着，或抱在一起，水位在他们大腿边缘微微浮动，我看见女人平坦的小腹，以及柯德那个部位渐渐挺起来。随后他们越抱越紧，我就什么都看不到了，但我认得那女人，一头长长的波浪红头发，是莉莉的母亲，吉娜。我没有过去，也没有离开，在附近漫无目的地走来走去，想听他们说什么，但他们很安静。天快要黑的时候，我准备离开，听见有人吹着口琴，至今我仍记得，那琴声悠扬，曲调忧伤，容易令人想起故乡。

我同父母亲说了我那天看到的，但我没说他们光着身子的事，只是说他们在维摩耶河边幽会。父母还在惊讶的时候，我就说出了大家的心声——我没想到柯德那么快。

"布里斯，你没乱说吧？这个阿尔巴尼亚人，也不跟我们说一声。"母亲说，我摇摇头。

"这样吧，过两天让柯德过来，今天礼拜几？礼拜三吧？礼拜五晚上叫柯德过来吃饭，看他会不会说点什么，或者会不会带吉娜过来。"父亲建议，"你多准备半只烤鸡，如果他真的会带上吉娜的话。"

"我跟吉娜算是熟的了，那天经过她家，她还留我尝了一块蛋糕。不过她没有告诉我任何事，原本我还打算问问她对柯德有什么印象呢，显然我是多余的。"

"兴许刚开始不久呢？还没确定的事情，有可能柯德想要等到稳定再谈起。"

"吉娜很漂亮，她一直花时间打扮自己，这是一个女人保持良好状态最好的方式。"母亲说，又恍然大悟，"他们两个人都相信外星人，而且熟悉水性。我怎么没想到呢？吉娜很久之前就跟她的前夫到河海之间去了，而柯德——布里斯，他教会你游泳，你最清楚了，对吧？"

我那两天一直在等，在盼望着什么，但头脑也不清晰。有时在学校我会观察着莉莉，猜测她是否知道她的母亲已经跟那个别人口中的"来自阿尔巴尼亚的劫匪"走在一起了，不过她沉浸在"粉红烈女"的八卦当中，一下课就跟一堆女生围坐在树下。

到了礼拜五那天，我一放学就回家了，母亲在厨房忙着，父亲还没回来。深秋了，傍晚的风让我感到寒冷，并且陷入了无尽的预期当中。我好像第一次这样为了柯德而有了很多想法，甚至有了不好的感觉，那感觉不像是发自我的体内，而是外界给了我这样的讯息。我一直站在门口，直到父亲回来的时候将我抱进屋子，问我冷不冷，今天在学校学了什么。我马虎地回答他，又走到门口去，一直站在那儿，等着柯德。然而晚饭都快要准备好了，柯德一直没来，母亲解下围裙走到门口，双手搭在我肩上，同父亲商量着建议让我去柯德家里看看。父亲则说再等等。又等了十分钟，父亲也开始认为这不妥了，就在我们决定要做点什么的时候，吉娜来了。

吉娜穿着单薄的大衣，急匆匆从马路对面走过来，我母亲笑着说，终于要承认了啊。但吉娜还没进屋就大声说，柯德回去了！

"回去？回去哪里？"

"阿尔巴尼亚！"

吉娜的样子有些焦虑，母亲带她到屋里坐下，其间她解释道，柯德是向她表明了心意，他们几乎要公布了，但昨天柯德收到了一封信，是他在阿尔巴尼亚的邻居给他写的。"那个人竟然知道柯德在这，我们都很惊讶。"她说，但这不重要，重要的是信里告诉柯德，他的家人洗劫了一家黄金珠宝店，他们早已被警方列为缉拿对象，如今已经被警方控制，正在查清他们多年来犯下的所有罪恶。

"天啊。"母亲十分惊讶,似乎不敢相信这一切,那一刻我更加相信了柯德的话,而不是母亲当初对我说的那个版本。

"信里还夹着有警方的信笺,希望柯德回去办理他们家人的事情。"

"柯德完全可以选择不办理,这不是必要的手续。"父亲解释,"但他为什么没跟大家说一声?可以联系这边的警方,让他们去处理,写个信函什么的。"

"他不想让镇里的人们知道,特别是伊利亚街的人,他名声已经很不好了。"吉娜低下头。

"在我们家里他从来是个好人,我们一直相信他的为人。"父亲说。

吉娜感激我父亲,随后忍不住落下了眼泪,说她想念柯德。

"他还会回来的,他不可能不回来。"母亲安慰着。

"我不知道,我没有办法帮助他,但我脑海里一直想着这段时间他对我说的那些话。我知道他爱我,我不想他出事。"吉娜说。

母亲也许觉得让一个女人在孩子面前说着爱情的思念不太好,让我到厨房里给大家舀汤出来,留下吉娜跟我们一起晚餐。那天晚上吉娜很晚才回家,那半只烤鸡他们没人吃，只有我吃了一只鸡腿。后来吉娜想起莉莉去了外婆那吃饭，她该去接莉莉回来，但父亲表示最好让莉莉在她外婆家留下，他认为吉娜情绪不是很好，他开车送她回家。他们走后，母亲走进我房里，看到我眼睛骨碌一转，问我怎么还没睡。明天是周末，我说。母亲问我莉莉在学校有没有什么难过的表现，我摇摇头，说她在学校过得很好，她们"粉红烈女"开始迷上了电视剧，每天都在讨论。母亲不懂我在说什么，摇头叹气，觉得人生艰难，要随时准备好对付那些突如其来的意外。

"那不是意外，柯德早就说过他的家人是一个惯犯团体了，他知道这些事迟早会对他有影响的。"我说。

"你认为他会回来？"

"他的家人不值得让他留下。"

"好孩子，"母亲抚摸着我的额头，"警察虽然会盘问柯德，不过他不是他们中的一员，他会没事的。"

我一直相信柯德不会有事的，他早已逃脱了家人，不再听命于他们对社会进行犯罪。而且他眉毛弯弯的，又浓又长，父亲说过他是吉人天相。

从那之后，我感觉到自己的生活少了点什么，虽然柯德的离开对我没有太多影响，但不管我去学校、家里、商店，还是维摩耶河，都觉得无趣了些。有时到街口商店去买东西，沃克还是同样对我说些开玩笑的话。有一天母亲让我去买点胡椒，沃克对我说他看错了柯德，他说柯德应该是个大人，他不可能没碰过女人，否则他不会有能力将镇里最漂亮的女人弄到手里，他很聪明。我没有理他，也不想跟他说话。那会儿我才知道，伊利亚街已经在讨论吉娜与柯德的事了，事情传得很快，我甚至猜不到人们是从哪里得来的消息。

有时我会遇见吉娜，她对我打招呼，问我过得快不快乐，她告诉我这个年纪最重要的事情就是快乐，以后漫长的岁月里会越来越少。我问她莉莉是不是也这么认为，她说莉莉最近开心极了。我知道那是她加入了"粉红烈女"的缘故。吉娜的眼神那会儿常常泛着忧伤，好像柯德在她心里埋下了东西，还没来得及发展，他又迅速消失。不过她忧伤的样子真好看，偶尔我也会想起那一次在维摩耶河看到过光着身子的她。

夏去秋来，大概过了大半个月，有一天中午吉娜又匆匆来到我们家，扬着手中的信，说柯德要回来了。"他写完这封信过了三天就去了机场，也许邮局的速度要比他快，也许中途他要转车，我不知道。"吉娜说，"但不管如何，总之他能回来我已经很高兴。他说七号会回到维也纳机场，明天就是了。"

午后进入我房间

我们都很高兴，基于柯德没有因为家人被捕的事情而受牵连，我问过父亲柯德是否也那么做过，他也说不清楚。但他说起阿尔巴尼亚是整个欧洲当中经济相对落后的国家，人们都出去打拼了。不过我认为就算柯德做过什么错事，也绝不会是电视里那些劫匪那么猖獗，他也不像他的家人团伙，他早早就逃离了那种生活。伊利亚街才是他的家。母亲说要举行一个欢迎会，欢迎柯德回来。吉娜提议说让我们七号晚上到她家里去，母亲过去帮忙。父亲答应开车到维也纳机场接柯德，我想只有莉莉会陪着我，但她很可能不太想要陪着我。

当天一大早父亲就出发了，我到下午才去吉娜家里。她们准备了很多好吃的，还有一只阿尔巴尼亚做法的烤全羊，不过那是母亲到格莱萝餐厅预订的，她绝不会自己烤一只小羊，也不懂佐料。母亲与吉娜在厨房忙碌，我在客厅坐了一会儿，莉莉带我到她的房间去。她的房间在二楼，格调与摆设并不像一般女生的那样，颜色特别冷静，墙壁是白的，没有涂过颜色，或许因为房子老旧，角落有些黑灰。她的小床没有娃娃，被子是苏格兰格子，窗帘也是暗红色的。地毯上有一些课外书堆在那儿，大多数都是我没有看过的。

"你看过很多书。"我说。

"在我们这个年纪,应该要学会从书里了解到爱情了。我敢说你就不懂。"

"我是不懂,"我有些不甘,但不知道该说什么,"你懂?"

"嗯哼。"莉莉随手抽出一本书,翻到她折起的一页,念了起来:"下午,有时我会坐在他的扶椅里打盹,他从搁在角落的一堆东西捡出一些战争连环画来读。我心里有什么事儿就常常找他谈谈。他一个字都听不懂,但他会点点头,笑笑,或者表情忧伤一下,他能从我脸上的表情看出我所需要的东西。"

我坐在地毯上,看着自己的脚趾,随着她念的时候轻轻晃动,"还有吗?"我问。

她又翻了几页:"照片并不是他,他离开的时候什么也没留下,只是落下这张照片。我向这张照片祈祷,我只是认为这是他留给我的。以前我会把这张照片钉在镜框上,我一直以来都这么做,今天出于某些原因,我不能。"

"这些句子有什么特别吗?"

莉莉合上书本:"难道你听不出来吗?前面是两个人相处间的微妙之处,后面说的是等待爱人的描述,这些无时无刻都存在于我们身边。"

我摇摇头,又点点头。

午后进入我房间

"你要学会善于聆听文字,看懂书里面对情感的描述,这对你有好处。你看过什么?"

"我看邮报,父亲订阅的。"

"那是大人们看的,他们在那了解这个世界的动态。"

"男孩子也该了解,父亲说我应该学会拥有敏感的新闻嗅觉。"

莉莉似乎不满意我的回答,但她没表示什么,带着书本拿到床上,躺着随意翻看起来。我以为她就这样想要将我打发下楼去,但她又继续说。

"你知道约翰吗?"

"我知道,那个高年级的学生,他是棒球队队长。"

"你觉得他会喜欢我吗?"

我有些惊讶:"你喜欢他?"

莉莉坐直身子:"我是问你,他会不会喜欢我。"

"没有人知道他喜欢谁,他就是那种花花公子。"

莉莉不愿意相信:"也许他遇到我就会变得不一样。"

"你还指望能跟他有一腿吗?男孩们都在相传他的自大,他在更衣室里谈他同哪些女孩好过,就好像谈论着自己在百货商店选购过什么一样,真不羞耻。"

"那都是因为你们男孩们嫉妒罢了。约翰是个有魅力的男孩,他打棒球也很出色,而且将代表学校体育会作发表演讲。"

我只是有些为莉莉不值,我认为那些小说让她陷入了愚蠢的爱情崇拜里,她还不到那个懂得思考成人爱情的年纪。就在我还想说点什么的时候,有车大灯照过大树间,我听见楼下有车子驶进来,那声音是我父亲的车。

"他们回来了,我得下去。"我说。

"你跟那个阿尔巴尼亚人很好吗?"莉莉问道。

我思考了一会儿:"你是从几时开始关注到他?"

"从我母亲与他的传闻开始。"

"你该同我一起下去了。"我说,"我劝你最好别相信传言所说的,你只需要相信他们相爱着,就像你看到的那些句子一样——他能从我脸上的表情看出我所需要的东西。"她看着我,兴许被我这番话给气坏了。

我很高兴柯德回来了,他的行李还放在脚边,与吉娜紧紧拥抱,急切的呼吸好像跑过了千山万水。接着又与我母亲拥抱。我父亲帮他将行李放到一边,他看到我从楼梯下来,高兴地抱着我举了起来,像往常那样做出飞翔的动作。他的胡子很多,像个真正的阿尔巴尼亚人,那种欧罗巴人种的面容,眼睛不太有神,黑眼圈浓重,像一个世纪没有好好睡过一样。莉莉在我身后,只是跟柯德点点头,没有太热情,也不说话。

午后进入我房间

"好了，各位——"我父亲忽然拍拍手掌，回到柯德身边，两个人站在门边上，看起来很严肃。

"你搞什么？"我母亲问道。

"我想这件事应该由柯德来说。"

他们正准备宣布某些事情，我心里觉得这会不会是给吉娜一个求婚的惊喜，或者关于他回来后的一些计划，但莉莉在我身后小声地说，大多也不会有什么好事。她这么说让我觉得很紧张。柯德的脸上除了严肃，也还有点迟疑。我转头看着吉娜，她眉头紧蹙，双臂抱在胸前有点自我防护的状态，好像在这个时候不得不提前准备好什么似的。

"我的家人，他们已经在牢里了。"柯德说这句话的时候，大家都没有反应，他清清喉咙，"我没有经济能力帮助他们太多，无法减轻刑事责任。"

"这不是你的错。"我母亲说。

"他们原来给我找了一个女孩，一个年纪尚小的女孩。"

这时候父亲转身走出门外，屋里所有人都没有说话，大家都神色凝重。随后父亲带着一位女孩进屋。这就是柯德说的那个女孩，父亲说。

女孩有些矮小，面孔同柯德相似，一种说不出来的带着明显的阿尔巴尼亚族人的特征，像是信奉某种教派的信徒（当然只是我的判断），肌肤同柯德一样是浅麦色的，头发因为扎在脑后，整个轮廓一清二楚，脸颊消瘦。她衣着简陋，羞怯地站在我父亲与柯德中间，面对着我们大家。

"这……"吉娜有些莫名其妙，她向前迈出两步，又停下来，看着柯德。

"吉娜，请别担心，这是兰尼。兰尼是父母指配给我的未婚妻，在我们还很小的时候，但我们之间没有半点情感，没有成为夫妻。我离开之后，兰尼在我家里做保姆，现在我家人都进了那个鬼地方，她无处可去。"

我有些惊讶，想不通柯德的家人，如果是一群劫匪，为什么还会留着一个清白的保姆。

"请相信我。"柯德说。

"她的家人呢？"我母亲问，上前扶着吉娜。

"夫人，我没有家人，柯德一家就是我的家人。"兰尼会说英语，但有些乡音。事情来得突然，大家一时对这个人拿不定主意，没有人将她的话接下去，兰尼似乎意识到自己是个唐突的外来者，原地跪下，为自己解释，情急之下又发音不准，断断续续："我不是坏人，也没有做过坏事，你就是吉娜小姐吧？请你收留我。如果柯德死了，我也会跟着消失的。"

吉娜吓了一跳，与我母亲相互搀扶着。

"你胡说什么啊？"柯德拉着兰尼起身，"吉娜小姐不会收留你的，收留你的人是我，我只是告诉你，我即将跟吉娜小姐成为一家人。"

"你是说，我们以后要跟她一起生活？"吉娜问。

柯德上前拉住吉娜的手："抱歉，我之前没有提到兰尼的事，但我总不能丢下她不管。当然，如果你不愿意她出现在我们生活当中，这件事，我们还是可以另议的。"

"没什么好议论的了，"父亲说，"如果愿意的话，你们成为一家人，兰尼继续做你们的保姆，如果不愿意，那么你们分开，兰尼就待在柯德家里。我开车的时候已经想过了，也不是不能给她找份工作，但伊利亚街的人们不会用一个外人的，除非是苦力的工作。现在，我们可以用餐了吗？肚子太饿了。"

我还没有机会跟柯德好好说话，大人们就围着他的那些事谈。那个叫兰尼的姑娘一直在旁边帮我们，一会儿倒水，一会儿切下羊肉，又将空盘子挪开带到厨房，餐巾一张一张派发到我们右手边。我第一次感到自己身处什么皇家贵族之类的地方，想象着那些有钱人是否从小就接受这种仆人服侍的生活。这些让我想到自己出生穷酸。然而莉莉似乎很自然地接受了这一切，在用餐完毕之前还问兰尼是否能给她递一碗沙拉过来。她已经学会了吩咐，我认为她在"粉红烈女"当中越来越把她们谈论的一切习以为常并运用到生活当中。

吉娜似乎对兰尼还有些警惕，不太指望兰尼的热情，大多礼貌地婉拒。没多久，母亲就说我们该回去了，其实时间还早，母亲细声对我说要给他们一些私人空间。我很小的时候就问过她什么是私人空间，她那时候跟父亲争吵，尽量心平气和地解释，大概指明那是不想让别人知道的一些东西，一些私人对话或者私人活动，总之是不宜、也不愿意公开的。

即使不熟悉吉娜的房子，兰尼也坚持送我们到门口，拿着我的外套替我穿上，像极了一个富裕家庭所培养出来的素质良好的仆人。她与我们告别，并嘱咐我们路上小心。父亲的车子已经快要转弯了，我回头还看见她站在门口，没有进屋。她大概是在行注目礼，又或者是我们离开之后，她有些生怕面对接下来的事情，毕竟那是影响她以后生活的一个重要决定吧，我希望在下周的语言课上可以写一个像兰尼这样的保姆故事。

母亲一直在感慨，说吉娜就是命好，即使丈夫离世有些早，但依然年轻漂亮，找到了伊利亚街最轻松的一份工作——在检疫站里从事文件工作的福利很不错。现在关键时刻还找到了自己中意的男人,并且这个男人背景特殊,人生戏剧,就连一次分离都能带回一个小保姆,难以猜测下一次他们还会发生什么事呢。"或许过两天他的保姆就被发现是阿尔巴尼亚遗失的公主了。"母亲说。父亲则表示人生唏嘘,替兰尼悲哀,认为她的一生始终在为这个家庭忙碌,任命于他人,并不是替她没有学识而感叹,只是觉得一个女子应该有她心里的信仰,或者梦想、目标,这么说也行,总之是一些东西,而不是随波逐流。他在火车站接柯德的时候就了解到兰尼的性格了。

我问父亲怎么知道兰尼就不是个有梦想的人,我第一眼见到她还觉得是个有宗教信仰的人呢。

"你从哪里认为她信仰宗教?"父亲问,似乎觉得我的反应有趣,要跟我商讨一番。

"不知道,我只是猜测她的面相,伊斯兰教或者天主教是她有可能信仰的。如果她出生在阿尔巴尼亚,那么她很有可能是本族人,我了解到一些人种与民族在欧洲的分布情况。"我说。

"你很聪明,布里斯。"母亲夸我。

"柯德也说过他是阿尔巴尼亚族的,如果他们从小认识,那兰尼跟他生活在同一个区域,概率就更大了。不过柯德是无神论者。"

"很好，懂得分析了，孩子。"

"这些都是柯德教会我的，他常常通过某一件事对比另外一件事，虽然这么做不完全正确，但他总是得到他的结论。"

我这么说的时候，心底有一些难过。不知道为什么，似是有一种不好的预感，又或者是人生路上有些东西没有按照自己的预想，没有跟随稳固的模式，就比如柯德跟我之间，过往的快乐时光好像从这个时候开始就不会再回来了。

"不过，布里斯，兰尼是希腊族的，并且也是无神论者。"父亲认真说起来，"除了本族、希腊族，阿尔巴尼亚还有马其顿族，以及一些比例较小的民族。这些东西无法通过一个人的外貌去判断，除非他们的面孔格外显著，比如爱斯基摩人。比较能够出卖他们的是天生的语言，但语言又是可以通过天赋与努力去学习的。你知道，显然兰尼的乡音太重，这是因为她没有系统学习英文的缘故。这不重要，孩子，重要的是，你要学会明辨是非，以及皮囊之下掩盖的身份或人性，有可能发生的另外一种可能，别的真相。万千世界无奇不有，懂得体察他人的同时，也该懂得保护自己。"

"我希望吉娜能与兰尼好好相处。"母亲插了一句话。

我听着父亲的话,心里不得不接受自己一些粗劣的判断。但我想的东西没那么多,父亲有些言重。大概是因为那天晚上我有些难过的缘故,而这些难过来自这个阿尔巴尼亚人。柯德将会有他的生活,即使他仍然住在伊利亚街,但他会改变一些以前同我经历的生活习惯,他的一切都将有所改变,而我也会慢慢长大。我知道我是在担心两人之间肆无忌惮的相处要变成大人们说的那种"成熟的交流",慢慢失去身边共有的爱好。当然了,我也还是会去柯德家里找我想要的东西,他总是有很多零件,从各个地方收集回来的奇怪东西,一些二手货。

入冬的第一天,母亲说柯德与吉娜决定出售柯德的房子,那些钱将会用在吉娜的房子身上,进行装修改造。也许吉娜的丈夫死去之后她就一直惦记着这件事,母亲说。当天下午柯德就到我们家来,我当时正坐在门口看着父亲修那个坏掉的秋千。柯德看上去很精神,好像筹备着宣布某件令他期待已久的事(当然我们都知道那件事了)。他对我说好久不见呀,像从前那样捏捏我的脸,将我抱起来想让我坐在他的肩膀上。"他最近又长高了一点。"发现柯德动作不再如从前利落,父亲说道。我笑笑,让他放我下来。真的长高了吗?柯德问我,我点点头,他又命令我站直，用手比画着我的头顶到他什么地方。

"好像是高了些，布里斯，你开始发育期了，让叔叔看看是否长了毛发。"柯德说着就抓起我的衣服，我们又像从前那样开心地疯了一会儿。我的双手很冰，伸进他的背部，他便像一个鸭子一样叫起来，逗得我哈哈大笑。不过一会儿，父亲就说我们没大没小。

"我决定出售我的那个房子。"

"我知道。"我说。

"你认为它能卖个好价钱吗？"

我想了想，想到那个房子门前光秃的地面，土壤干得连蚯蚓都看不见一条，房子只有一层，门前石阶看起来是唯一坚固的一部分，至于房子——它没什么好说的。

"也许吧，"我说，"包括你那些乱七八糟的东西，也只能是也许吧。"

"怎么说话的？"父亲说，"在伊利亚街来说，那套房子有一个好位置，当初你便宜买下真是非常好的运气，那些东西只要稍加修缮，就会卖出好价钱，不过我不认为要修缮，人们会乐意改成他们想要的风格。"

柯德点点头："我也这么认为，这些天我们在将旧的坏的东西扔掉，一些能用的就找人搬到吉娜屋里去了。布里斯，你该跟我回去看看还有什么东西是你看得上的，你会喜欢。"

我没说话。母亲走出来问他是否留下吃晚餐，他摇摇头，说他忙完这些，找个时间邀请我们去才是。父亲让柯德帮忙拴紧秋千挂绳子的地方，我一直坐在旁边看着。

"好啦，总算修好了，这下绳子够坚韧，不轻易坏。"

"秋千很久了，怎么忽然要修起来？布里斯不小了。"柯德问。

"这是给我妹妹以后玩的。"我说。

"妹妹？"

父亲笑笑，将秋千摇晃起来，走到母亲身边，轻轻摸着她的肚子。

"我们有了新的孩子。"

"天啊！"柯德感慨，"这真是天大的喜事啊！布里斯，你怎么没告诉我？"

"你现在整天忙着你的房子，你都不过来看我，当然听不见了。"

"哎，今晚就到我们家吃饭。"柯德说，"这么好的喜事，我一定要沾沾！就这么说定了——吉娜的家，我意思是。"

父母都没说什么，大家都在笑，为即将会有新宝宝的到来而高兴。柯德还一再强调不会让我母亲麻烦，他将让兰尼跟吉娜下厨。我坐到秋千上试了试，但我不得不抬起腿才避免碰到地面，他们说的话随着秋千的晃荡在我耳边一会儿清晰，一会儿模糊。

　　下午我们就开车到吉娜的家，途中经过柯德的房子，那些门前堆积的奇怪东西都已经清理过了，我也没有像以往那样特别渴望还能在那里得到什么想要的，不过还是探出脑袋去看看我砌的那面防御石墙还在不在，那是很久之前我跟柯德玩的游戏。伊利亚街一直都保持干净，路灯前两年换了太阳能环保灯泡，绿化很好，不过这里的生活设施还是相对落后了些。这样的街道没什么特别，它很普通，在全国各地都能看得到，而我认为柯德的到来，让我们的生活气息变得更浓厚。他刚刚来到伊利亚街时，大多数人都不喜欢他，街坊们午后坐在各自门前相谈，说起他是个劫匪或者小偷之类的消息，一来二去，名声很快就坏了。后来有一天父亲刚刚下班回来，看见柯德站在街口，手里同地上都有新买的一些家什物件，不知是拦不到车还是人们知道他是那个阿尔巴尼亚人而不理会他的缘故，父亲停到他面前，问他是否需要帮助。他很感激的样子，说卖家私的门店配置输送要等三个小时，他打算自己打车，好不容易抬到路口，却一直等不到车。父亲帮了他的忙，两人开始了第一场友好的交谈。隔天晚上，他给我们送来了一盘羊肉，说是感谢父亲的帮忙。从那时开始，他就成了我们家的常客。起初他还经常提到父亲对他的恩情，说到父亲是第一个愿意帮助他的人，这个地方只有我们会跟他在同一桌吃饭。父亲警告他以后不许再说这个事，他快听烦了。伊利亚街的人们当然知道我父亲善良，但还是表现出非常诧异的样子，说起我们竟然会带那个阿尔巴尼亚人回家吃饭，有些人甚至在路上拦住我的母亲，语重心长地让我们必须防范这个人，小心家里的财物。再后来，人们知道这个阿尔巴尼亚人善于修理电器，才渐渐接纳了他，当然了，一开始不会有人找他，是有一次沃克商店的冰箱坏了，许多牛奶无法储存，我买东西回来之后告诉了父亲，当时柯德正在我们家，他提出他会修理。父亲觉得这是一个好时机，会让大家对柯德的印象有所改善。父亲亲自带着柯德到沃克的店铺去，并且不花太多时间就修好了（其间我一直很担心他修不好）。沃克虽然面相不怎么友善，看起来滑稽，但他还是很感谢。他给了钱，但柯德不要，只要了两块黄油。再后来，只要有一些没办法搞定的电器，人们都会想到这个阿尔巴尼亚人，渐渐的，人们就暂且忘了他是"劫匪"的身份了（当然他不是劫匪，只是他的家人让他背负了这么一个称呼）。他在经济上开始好转，对父亲更是感激，也因为这样我们都变得很熟，他常常带我出去玩。那时候我还小,我们去维摩耶河边玩耍,他教会了我游泳,也教会我钓鱼,还有一些男孩子才会做的坏事——用弹弓瞄准鸟巢,避免太过用力将鸟蛋击碎,只让它们掉落在事先铺好的厚厚的草堆里。他还让我见识到真正的枪支,告诉我怎么上膛,对准目标的三点要素。不过他没有子弹,那把枪他一直放在家里隐蔽的地方,并要求我对父亲保密学枪这件事。

到了吉娜家门口,兰尼匆匆从屋里走出来,跟随到父亲泊车的位置,先替我母亲开了门,又替我开门,向我们一家问好。她穿着围裙,随意扎起马尾,面色红润,但有点饱经沧桑之感,看不出来她只有二十二岁。母亲很高兴地跟兰尼谈起伊利亚街一路上的整洁,那是让人保持心情愉悦的一个重要原因。我一直在想兰尼是不是真的愿意做这些事,还是碍于生活的困难,跟随在别人身后委屈自己。不过这说不上委屈,我认为,柯德没有对她不好。如果说有不愿意,那应该是对自己的出生以及家境感慨不公吧。

吉娜的家同上次已经不太一样了,墙上的印痕表明家具的摆设已经挪动过。窗户旁的落地灯是柯德家里的,我第一次看见的时候那上面有标签写着"五欧元,罗塞夫人家",是一个可以拆卸成几个部分的简易落地灯。还有墙上的画,那是柯德很小的时候在地拉那市区中央的一个地下过道买的,画家是一个小朋友,没有钱上学,虽然画作不是很厉害,但胜在颜色与视觉独特。柯德说过什么时候会送给我的,因为那上面的河流很像我们去游泳的维摩耶河,但他已经将它挂在吉娜家里了。我猜维摩耶河对他跟吉娜来说更有意义吧,那一幕至今仍在我脑海里。总而言之,这里已经重新收拾过,仿佛在等着那套房子卖出去之后马上就要着手似的,已经呈现了一个预备的状态。

兰尼扶着我母亲入座,父亲说她那肚子还没隆起来呢,这样下去是会宠坏她的。

"女人就该宠。"兰尼说。她说"女人"的时候像极了"呜哇"的发音。

"她怀布里斯的时候还得干活呢,你看那又有什么问题?"父亲说道。

吉娜在厨房忙着,兰尼不断进进出出,一边给我们倒茶,一边走进厨房帮忙,看样子吉娜似乎已经接受了兰尼的存在。柯德则将东西都盘到一边,好让大家能有足够的空间坐在一起吃饭。他对我说莉莉在二楼卧室,我本不打算见她,但他这么说的时候,我就跑上去了。

"嘿,"我说,莉莉在镜子前,手拿着口红,"你要涂这个吗?"

"这是约翰送我的。"

"你在谈恋爱吗？"

莉莉准备涂口红的手又放了下来，大声笑，但笑得很甜："我不知道，但这么说也没错，也许我们是在交往，不过他不希望别人知道我们之间的关系。"

一支口红就堵住她的嘴吗？我觉得可笑："有什么不可公开的？他不可信。"

"你才不可信，你跟柯德一样不可信。"

我听见她这样说，便没敢坐下："柯德跟你母亲是相互喜欢的，他们还在热恋期，热衷于很多事，对未来共建家庭一步步准备着。"

"热恋期？这是冒险期。这个阿尔巴尼亚人不过是看中了我母亲有套大房子而已，我绝对不会让他弄到手的。"

"我了解柯德。"

"那是因为你还没长大，可怜的布里斯。"

莉莉变得更加"粉红烈女"了，她们的团体在学校名声很大，从班级发展到各个年级都有负责人。同学们防备她们，避免成为她们讨论的对象。要知道，凡是她们讨论过的人，要么很受欢迎，要么受到欺凌，但她们不会对付你，她们只是伤伤你的自尊，让你无计可施。

晚餐的时候柯德就说出了他的计划，父亲主动提出帮忙，说他会在公司向同事们说起有这么一套房子的事情。柯德说起最近已经有人来询问过，可是因为要修缮的东西有点过多，说会再三考虑。他提到一些计划，像我过去听到的故事一样，用收到的钱在这所房子大干一场。他先要将二楼卧室的洗浴间修好，莉莉的房间则会遵循她的意见，然后把阳台生锈的栏杆换掉，一楼的书房或许也该翻新了，那个朝向湿气很重，书会发霉，窗户的大小要重新调整。而厨房几乎全都更换，特别是管道跟煤炉，包括厨房后面杂草丛生的荒地，那堆残旧的电器与杂乱的电线也要处理掉。如果资金还充足，就花在门前的草坪上。当然了，他表示会预先保存一部分生活费。

母亲认为这很不错，提议二楼的杂物房应该要腾出来，作为新卧室，万一像她这样多了一个宝宝，还是要考虑的，况且房子够大，不妨试试。吉娜有些害羞，说起自己不知道是否还能适应带宝宝的生活。莉莉小声对我说她不会接受自己有个弟弟或者妹妹的，就算有，也不会给宝宝买糖。我说当你有了之后或许不那么想。

"没什么不能适应的，只要你乐观并能够不厌其烦地重复生活琐事。"母亲说。

"对啊，"柯德说，"生活就是这样，反反复复，琐碎的、破碎的、心碎的。"

"跟吉娜这么漂亮的女人在一起,你还心碎什么?"父亲说。

"我只是不知道我有什么资格得到她,"柯德说这话的时候看着吉娜,"不管如何,我都不曾想过吉娜会答应我,这是上天最眷顾我的一次,也许以后不会再有了。"

"你们太甜了。兰尼,我需要一杯水。"母亲说。

父亲又问起他们是怎么开始走在一起的,这是他们都想知道的事。但柯德还没说两句,吉娜就抢着说了。"主要是我觉得这个时候他的出现很恰当。"吉娜说,她觉得自己有太长一段时间是孤独生活着,这种孤独不是说没有朋友或生活潦倒,只是在万事亲力亲为之间愈发感到明晰,一个人的能力并不会随着磨炼而增强,她知道自己需要爱情。当然了,这样说显得自己目的性大于爱情感,但她坦然这是同时兼具的。她知道我们一家能与柯德成为朋友,证明他本性不坏,她也从未相信谣言,她不轻信一些事情。当柯德大胆而直接地邀请她去喝咖啡时,她既惊讶又充满期待。"我就站在门口,说实话我还来不及犹豫,他就说礼拜五下午四点。我点点头,算作是答应了。"吉娜为自己草率的决定而感到害羞,双手紧贴脸颊。柯德搂过她的肩膀,大笑起来,说了句阿尔巴尼亚语,没人听懂。

午后进入我房间

"我只是想起我的父亲，"柯德慢慢静下来，"我记得他也是这么问我母亲的，他到她的家门口，问她是否想试试他自己做的甜糕。"

"你父亲是个有心人。"我母亲安慰他，那时大家都感到柯德在为他的家人难过，母亲又接着说："我母亲——布里斯的外婆，"她看了看我，"曾经一个人在西海岸旅行，遇上了我父亲，我父亲是个游荡的人，到处旅行卖保险，以此为生。他们在警察局门口相遇。当时父亲只是当作一次赚钱机会，循例问她是否需要保险，然而，我母亲那会儿刚弄丢了钱包，要去报警，她从警察局出来，但警察只是说会尽力帮她找回。我父亲看她可怜，没有再说保险的事，而是给了她一些足够回家的钱。后来他们发现彼此都是奥地利人，母亲提前结束了旅游，两人坐同一班飞机回来了。这才有了我。"

"好浪漫，真是太'唐璜'了。"吉娜说。

"'唐璜'是什么？"我问。

莉莉说我真是没看过好书，并表明这是一部浪漫主义作品。

"布里斯，你该跟莉莉好好学习了，看书永远不会对你有害。"我父亲说道，"你整天跟着柯德到处晃荡，看看你现在像什么样子。"

我不语，柯德哈哈大笑，随即为我说话，说到男孩子应该活泼些，户外活动的比例应该占更多。他跟我父亲还是很不同，父亲严肃谨慎，柯德相对更随性好动一些，我想这就是他这些年能成为我好朋友的原因，他不是那种常见的"大人们"，当然他也会有当大人的一面。

"所以趁现在年轻，你们也可以计划着。"母亲说。

"还没确定呢。"

"这难道不是一瞬间的事吗？"母亲打趣着。

"我已经将我所有财产带过来了，要是你后悔不结婚，我可赖在这不走了。"柯德说。

"还有水吗？确实是太甜了。"我父亲也打趣着，兰尼即刻提着水壶来倒水。那天晚上吉娜吹起口琴来，大家坐在围炉边上，说些什么我不记得了，莉莉跟我玩冰冻人，但很快就因为人数的问题而放弃了。整个屋子里我只记得吉娜悠然的琴声。

寒冷的冬天很快到来，伊利亚街已经好多年不下雪了，上一次下雪是在四年前，但也不大，没有积雪。这里每年冬季都有许多人去瑞士滑雪，但我没去过，我问母亲为什么不去，她说冬季到瑞士滑雪的游客很多，几乎被各国人民扰乱原本的景色，"而且你到前台登记的时候会被忙疯了的工作人员气死。"她说。不过我认为那是因为我们没有钱的缘故。有时运气好，如果我早起会看见人们拖着行李箱在路口那个地方排队上车。有些怕冷的人则往南去度假了，乘飞机前往巴西也是有可能的。不过他们大多数从这里出发到林茨或者维也纳，奥地利没有港口，人们必须到多瑙河流经的城市去才能搭上航船。也许他们越过地中海到埃及去，大多数时候他们的航海走同一条路线，会经过阿尔巴尼亚与意大利之间的亚得里亚海。每年柯德都会感叹一番，有时他怀念故乡的样子很天真，像个孩子。不过，就算伊利亚街不下雪，天气也非常寒冷。今年母亲给我买了新的羊毛围巾，她则给自己买了一件稍大的貂皮外套，生怕渐渐隆起的肚子不好看，要遮挡住。父亲想要一条好看的棉裤，但是找不到。那天我们驾车出发去百货商店，在路口经过沃克的商店时，我几乎准备好低下头去了，但我一想到柯德不在车上，就没那么做了，而是直挺挺坐在车内，一动不动。母亲也没那么做，但她看了一眼沃克，又转回去列她的清单。我们一家，或者柯德一家都过得还不错，至少在很长一段时间没有发生什么坏事。有时我会去找柯德，但每次他都是在搬抬家具，清理废物，或者对着墙面油漆。偶尔我会站着看他工作，聊聊我在学校听到"粉红烈女"谈及的话题，不过从他口中我明白莉莉不会在家中说这些话。慢慢的，我便很少去找他了，日子一天比一天冷，也一天比一天寂静。

再后来，柯德原来的房子出售了，没有经过中介，对方看到房子亲自咨询的，是一位来自隔壁镇的男人，听说是从事艺术设计的，想要那间房子，用作工作室，不需要大改造。他们谈好了价格，双方到律师事务所委托工作人员办理了手续。钱款还没收到，柯德他们就到市中心的家私广场去挑选商品了。这是有一天莉莉告诉我的，她那天没有跟"粉红烈女"聊即将到来的假期去哪里的事情，而是走过来告诉我她去了夫斯利家私广场，他们选购了很多实用且好看的家具。我有一次在经过他们家的时候，发现墙面已经洁白了许多，一些还没来得及拼接的沙发凳、衣柜，摆在草坪上，看样子已经快要完成了。

"你会有个漂亮的新卧室的。"我说。

"我没怎么改动，我跟柯德说，除了油漆，只要将窗户换掉就好了。我想要那种从下往上推的，如果没有的话，三叶窗也不错。"

"你现在接纳他了吗？"

"男人都一个样，谈不上接纳。"

"这话说得你好像知道所有男人一样。"

莉莉看着我，凑近来想要亲我一口，但她没亲下去，只是观察着我的反应。我清晰地看见她细微的毛孔与闪烁的眼眸，仿佛她的这个动作能表明她对男性真的很了解，那些天生的敏锐此刻变得那么重要。我有些紧张，随后她却告诉我她跟约翰分手了。我想说他们本来就没有一起过，但她靠近我的时候，我感觉自己身子变得更轻柔一些，我没告诉她我的初吻还在，如果她真的亲过来，我想我也没觉得有多重要。

"你会有更好的人喜欢。不过你现在应该专注于学业上。"

"用不着你说。你跟他们都是一个样的。"

莉莉回到"粉红烈女"的圈子里，但她只是坐在她们旁边，没有说话，双手有意无意地梳拢头发，在末端的地方仔细观察着是否有分叉。我没有弄懂她为什么觉得我跟他们是一个样，但我觉得我跟柯德都是好人，那个约翰就不得而知了。也许莉莉被约翰伤害过，在我看来那应该是她的第一段感情，我说过约翰这个人很儿戏，在更衣室分享不同女孩跟他的故事，但莉莉不相信。在那之后莉莉都很少说话，我不知道她还会有什么动静，寒假之后，我们也没有见过。直到有一天，母亲对我说，吉娜一直以来小心翼翼保护着的她前夫留下的项链不见了。

"按道理不会不见的，吉娜一直放在一个盒子里，盒子也在床头柜里边，就算最近房子在装修，她也是在场的，没有人员动过什么贵重的东西。"母亲说，"这是吉娜原话的意思。"

"都找清楚了吗？"父亲问。

"不好说，我认为他们发现东西遗失之后肯定第一时间在找了。"

"那是什么项链？"我问。母亲说是吉娜的前夫留下的，链子虽然随处可以买到，但吊坠是非常珍贵的一颗海螺珍珠，呈非常精美的粉色，珠光闪耀。那是她前夫年轻时在加勒比海参加打鱼比赛赢得的，后来他拿着这颗海螺珍珠向吉娜求婚。他确实是打鱼高手。

父亲沉默，放下报纸："我在担心吉娜与柯德之间的信任。"

"你是说吉娜会认为那是柯德做的？"

"不是她会认为，只是，如果他们之间的爱情能够保证彼此信任的话，那么不会，但是……"

"但是他们在一起并没有多久。"

我坐在地毯上玩着很久之前柯德给我的一些烂铜铁组成的模型，心里也开始担心。

"柯德不会那么做的。"我说。

"孩子，我们都知道柯德的为人，"母亲说，一边抚摸着肚子，"但是邻居与街坊又开始谈论这个阿尔巴尼亚人了，人们起初对他的偏见在遇到这种事上肯定会重新发酵。"

"发酵是什么？"

母亲哑口。父亲站起身："发酵有很多意思，除了蛋糕与酸奶需要发酵之外——走吧，去吉娜家看看你就知道什么叫发酵了。"

母亲一直说她有不好的预感，搞得我也心慌慌，我从未为一个人如此担心过，我知道柯德的品性是多么善解人意，他摆脱家族行使盗窃的决心足以证明他的清白，我不明白为何人们不愿意放过他。父亲启动车子，母亲怀孕之后就常常坐在后排，我匍匐在她身上看着车窗，路上的树枝被冷风吹得乱颤。

吉娜的房子装修过大半了，崭新的墙砖红彤彤的，在这一带中显露出非常独特的气派。透蓝色玻璃在冬日里反射着阳光，虽有刺眼，但格外好看。只剩下一楼周边的围栏与地面的青草没来得及处理，但不妨碍居住。不过我想此刻应该没人会关注到这些。房子里外都很安静，兰尼虽然迎声而来，但没有像上次那样替母亲开门，她脸色平静，忧伤地站在门口，仿佛我们的到来可以为她或者他们解救一般。她向我们点头，扶着母亲小心翼翼走上台阶，再牵着我进屋，大家都没有说一句话。屋里还有轻微涂过漆的气味，但不浓烈，大概是餐桌或者厨房的墙面重新油过，我没去留意。柯德站在楼梯旁，吉娜坐在沙发上，莉莉紧紧挨着她，气氛凝重，似乎已经发生过争执。我们四个站在门廊边缘，过了一会儿，父亲假装清喉咙，随后打过招呼。

"事情我们都听说了。"父亲说。我很期待他会有什么办法解决，但他欲说未说的样子让我知道他其实也无可奈何，他知道我们过来只是缓和的，而不是解决。"唉，"他叹了口气，"我知道那是有意义的东西，这很糟糕。如果需要，我们也帮忙找找。"

"是的，"母亲在后面说，"还是希望再仔细找找。"

"找过了，"莉莉开口，"哪里都找不到，我们翻遍所有家具以及可能出现的角落。"

我想说身外物如果丢失了，也没有办法，但一想到那个海螺珍珠也许对吉娜有着深远的意义，就没吱声了。

"反正话已经说出来了，"柯德终于说话了，声音低沉，有些咆哮过后的嘶哑，"一开始就质疑我的话，这感情根本就是假的。我从来没有想过你会怀疑我。"他看着吉娜，眼里尽是失望与哀怜。我看过他这种眼神，在刚刚来到伊利亚街所有人都不信任他的时候。

"这屋子就你跟兰尼最有可疑！"莉莉说道，似乎要为自己母亲辩解。

兰尼紧张地喊冤，几乎要跪下来了，我母亲扶她起身。

"兰尼是什么人我很清楚，她不会那么做，她从小跟在我们家，就算我父母去偷去骗，她也没有要过任何东西。再说，即使她曾这么想过，她也没有胆量。"

"你在为她说话。"吉娜也站起来，眼睛通红。

"我只是为她澄清。"

"我原本就知道你对她有意，说什么佣人根本就是废话。"

"这就是你不爱我的缘故吗？是你找机会数落我的机会吗？我为一个无辜的人辩护得到你的反感吗？那我呢？我有因为你丢失了前夫的项链而责骂你心里还有他吗？"

我第一次看柯德如此清晰地反问一个人并气息稳定，仿佛他不是阿尔巴尼亚人。"有吗？"他又问了一声，吉娜没有反驳，大家也都没有说话。莉莉拉着吉娜坐下，吉娜掩面而哭。我母亲试图去安慰吉娜，但也不知该说些什么。

一颗海螺珍珠让原本相爱的人发生信任危机，不禁令人唏嘘，也许他们的爱太过轰烈，轰烈到几乎没有坦诚与真挚的摩擦过程，在情感初始便直接跳到共同的生活结连，忽略了那些原本该有的东西。我过去一直认为恋人们应该是在平凡与安稳中度过的，在一件又一件破事中慢慢调整自身与对方的一些不羁或冷漠，渐渐成为匹配的一对。然而事情到了某种程度，人们在风口浪尖都会不自觉地为自己辩解、发声，努力将自己还原成一个内心善良或者真正有着炽烈爱意的人，以此希望对方认同自己心中所想，但又不得不隐隐流露出相悖的认知。

没有人告别，也没有人继续解释更多，柯德让兰尼简单收拾了几件衣服，便跟着我们走了，我在副驾驶，他们钻进车子坐在母亲旁边。一开始兰尼不太好意思跟着我们，但父亲只说先到我们家暂时居住。他们原来的房子已经出售，唯一能到的就是我们家。那日回程里我们五个人都没有说话，寒冬午后的天空湛蓝，万里无云，我看着窗外熟悉的伊利亚街，一丝丝冷风吹来，眼前的街道模样渐渐变得陌生。楼房、商店、树木，都在低温中变得异常冷酷。有人看见我们载着柯德与兰尼经过，都投来诧异的目光，不用想也知道伊利亚街已经开始流传着"那个阿尔巴尼亚人在骗婚，他偷了吉娜前夫留下的十分值钱的海螺珍珠"这类话。我有一刹那觉得这个我从小长大的地方，其实它没什么人情味，又或者说，人们更乐于谈论别人的事情以此填满千篇一律的枯燥日子，好让见到邻居时有更多话题要说，而避免谈及自己年过半百还能做什么。

那些日子，几乎每一天，兰尼都抢着帮母亲打扫屋子，晾晒衣服，每到餐前时，她便立马到厨房准备食材。有时我们也会像从前那样一起到大型百货去，但经过沃克的商店时，我们已经不会再低下头了，柯德看起来几乎忘了路口有一家商店，而沃克好像变得很老，忽然就发现他不多走动，反应缓慢。日子尚算愉快，我同柯德的游戏不再继续，变成了电视机前的日常闲聊，偶然会问我最近在看什么书，如果恰好是他看过的，他会略谈一二。父母都不再提吉娜的事，吉娜也没有过来找柯德，项链的事情听说吉娜已经报警了，警察盘问过柯德，但因为没有证据不能做点什么，能做的只是继续找寻，以及对出现过的装修人员一一质问。父亲提出过房子的事情，那些花去的钱财资金，如果柯德困难，那完全是可以跟吉娜谈谈的，或者请律师介入。但柯德一再说明自己不会要一分钱，那是他自愿给吉娜装修用的。他同兰尼说不再有工钱给她，但兰尼不介意，他想着剩下的钱须省着用，留着一笔买两张机票或者火车票，等冬天过去，他们就决定回去阿尔巴尼亚。听到他的决定我当然很惊讶，但没有像小时候那样如果知道他要回去，我定会问起他很多问题，回去干什么，还会不会回来。长大后我明白人们其实不太想要他人过多问候他们的去向，表面的关心虽然毫无作用，但有心意便足矣。

有时我在夜里醒来，柯德还在客厅，他很安静，地板上的身影像一只模糊而巨大的乌鸦，无力的手脚、漫不经心的动作都让他看起来孤单落寞。但我没有惊动他，只是观察，或者看两眼就回去睡了，每当这时，关于他的身影就会常常在我躲进被窝时浮现出来。有一天我同他再次来到维摩耶河边，水汽在河面冉冉飘散，看不见鱼儿，也没有人来垂钓。他说他开始像一个想念家乡的人一样怀念自己儿时的回忆，他在阿尔巴尼亚的一个小乡村长大，很多人都出去意大利跟英国了，他一直没有机会。但尽管穷，那时候父母还没有盗窃行为，一家人都是勤勤恳恳，他有机会上学，但他哥哥姐姐没有，他们很早就在当地打工了。那是我对他最后的仔细观察，他说话的时候树叶在飘落，他蹲在岸边抽烟，兴许回想着往事的同时，也还有他与吉娜曾在这里约会的河畔情事。那日场景过分凄凉，连我都能感到那种无力的伤痛。但我只是静静靠着背后的树，不断跟他说一些无关痛痒的事，试图分散他。

冬季气候寒冷，假期也因此显得十分悠长。然而冬天还没结束，柯德跟兰尼就要走了。我们全家开车送他们到火车站，人来人往的候车室，到处是行李箱滑轮的声音，但我们的心情似乎都格外平静。柯德跟父母说了点什么，又过来与我拥抱，希望我学业进步。我有些低落，但没有很悲伤，只是到了离别的时候我就什么都没能表达出来。那是我们最后一次谈话，很正式地相互挥手，彼此说着再见、保重、一路平安。

很多年后，我看到莉莉跟约翰在一起，他们的恋情变得稳固，不像从前那样儿戏。那时我们已经不在一个学校了，但令我惊讶的是，约翰脖子上戴着一颗非常闪烁的海螺珍珠。我没有将这件事跟父母说起，有时吉娜会来探访母亲，我也只字未提。当然我也没告诉柯德，那时候他偶尔会写信过来，我明白对于现在的他来说，在多年后即使知道事件的来龙去脉也不过是得知一个结果而已，那感觉只会像沉入河底看天上的月圆与繁星。时过境迁，周围的一切都会改变的，我很早就明白这一点，白驹过隙，瞬息万变。

夏威夷甜心

天欲亮未亮,薄云与灰蓝光色相互交错,瑰丽景象下吹着春天清晨的暖风。但今天的风有些大,这不常见,我坐在车上,车窗紧闭着。加油站前方的摄像头正对着车辆,像盯着我似的,我不由自主放下手里的面包,严肃起来。昆汀从洗手间出来时用湿了水的双手一直梳着头发。十分钟之前昆汀的父亲打电话说工地附近的道路兴许发生了事故,加上主干道在修路,他耗不了太多时间来开车,要让昆汀过去带走他的女人。"其实大家都知道他是个色鬼,还有什么好装的,他以为这样别人就不知道吗?"昆汀回到车上,启动引擎,离开摄像头后我将手里的面包吃完,没作声。人们相互传言说修路是为了新的轨道铺到这儿,以后火车会每日经过这个小镇。但上个月拆掉墙板之后才知道那是新建的高架桥——大家都不明白足够宽敞的马路为何还要在上面建高架桥，并且这里已经没什么人了。

"还有酒吗？"昆汀问。我说没有，最后一口我喝完了。他有些不高兴，于是我又说开车最好别喝酒。车子是皮卡车，座椅的皮套掉落了不少，是昆汀的父亲给他的。昨夜我们一同在隔壁镇看了马戏团表演，回来时因为太晚，两人都过了睡意，开了几瓶酒喝到快要凌晨才渐渐入睡，那酒还是他父亲在别的什么地方带回的。"不管是贵的还是随便哪个便利店能买到的，我认为口感不错。"我说，试图唤醒昆汀，他到现在仍然睡眼惺忪，好似看不见道路。他轻声说着些什么，我没听清，脑海里想起他的母亲。他母亲很早就失明了，但人很善良。我父母一同回去我外婆家，让我在昆汀家住一段时间。不用说我同昆汀都非常乐意，我们是最好的朋友。昆汀的母亲也对我很好，每天都怕我吃不饱。

"你父亲知道我在你家住吗？"我问。

"不知道。知道吧，也许。我意思是，他不会觉得这是什么事。"

"我挺害怕你父亲的。"我认真地说。

"虚有的行为也能吓到你吗？"昆汀大笑。

"你醉了一夜还没醒过来。我是说，"我停了停，"我是说他的性格，他也不喜欢你跟我混在一起。"

昆汀保持嘲笑，精神慢慢好起来。不过我仍然对他们父子达成统一欺瞒他母亲这件事表示厌恶，我同他说过，他说他母亲什么都知道，虽然她看不见。

维修路段漫天灰尘，路面颠簸不平，我隐约沉入睡眠，快要到工地时我醒过来，是昆汀的电话响了。他几乎没说话，将电话贴近耳朵一会儿就挂掉了。

"还懂得开房了。"昆汀说，语气有些不屑。

"去哪儿？"眼看他越过工地，往前开进州际公路。

"前方有家汽车旅馆，他们在那。"

"噢，噢，"我说，"我知道，我们在那住过一次。"

"我们是为了什么住在那？"

"大概是没住过旅馆，好奇。"

雷诺在路边等着我们，他穿着旅馆的睡袍，也没系好，带子一长一短垂落着，里面穿着宽松的短裤。他总是这样，我不知道女孩们喜欢他什么，没有任何魅力。"嘿！"他招手，昆汀降下速度，跟随他的指引开进汽车旅馆前面的停车场。

"你比你说的要慢得多，现在已经不能称之为早上了。"雷诺指着手表，在车窗边用手肘撑着，"阿凯也来了？"

我点点头，喊了他一声雷诺叔叔。

"你们整个假期就靠喝酒度过吗？听着，"昆汀的父亲说，他指了指二楼其中一个窗户，我看见那儿有个人戴着帽子，半遮半掩看着我们，"你带她到处转转，最好是去郊外野餐，回去镇里会带来闲话，听见了吗？"

昆汀不说话，关掉引擎，也看着二楼的方向。

"你下来——"雷诺回头，那女孩随即退出窗户，拉上了窗帘。我们有一会儿没有说话，都在等着，等着女孩从里面走出来。她走到大门的时候用手挡在额头上，阳光使她睁不开眼，于是又将帽子戴上。她穿着连衣裙，外加一件灰色薄外套，马丁靴子是墨绿色的，手里只提着一个手袋，没有别的了。雷诺往周围看了看，确定没人之后一把抱住女孩，亲了又亲，也许力道有些大，女孩一直没站稳，晃来晃去。

"这是我儿子，你上车，他带你去玩。那是阿凯，他不去的，他待会儿就消失。傍晚昆汀会带你回来旅馆的。"

他这么说我有些意外，但我没反驳，随后我问女孩要不要坐前面，没等她说话，雷诺又说："她就坐后面。"我知道他想尽量让女孩不要出现在大家的视野中。他又让我们到旅馆的餐厅里带上一些食物，自助早餐还没有结束，我随便挑了一些甜点与面包，打算离开时雷诺却提着一大

午后进入我房间

袋子给我们。"这够你们吃上半天了,还有汽水。"

直到我们开车离开汽车旅馆,雷诺都没系上睡袍,很有可能他本身就不打算那么做。昆汀说过他父亲是个怪人,有很多癖好,除了喜欢控制别人,他还有点暴露癖,只是他不承认。昆汀还发现雷诺在浴室对着镜子刮胸毛。"他并没有胸毛。"我当时说。

"是的,他没有,但他说那么做可以让幼毛新生长出来,反复多次会有更多。"昆汀说。我摊手摇头,表示算了吧。

女孩朝雷诺招手,我也朝他招手,他没有看见,转身走回旅馆。

"你跟你父亲一点也不像。昆汀,你叫昆汀是吗?"女孩又伸手碰了碰我肩膀,"你是阿凯?你不跟我们一起野餐吗?"

"一起的,"昆汀说,"你叫什么?"

"你父亲没告诉你吗?"她有些得意的样子,口吻中又带些清高,"贝拉。"

贝拉很随性,没什么礼貌可言,她有时将双脚架在中央扶手箱上,我偶尔侧过头去看她的鞋子。

"你们喝酒了吗?"她问。

"没人喝酒。"

"你们骗不了我,酒味很浓,况且你脚下的罐子我已经看到了。"

她拍拍我的脑袋,好像我们很熟似的。我忽然感到脸蛋有些发烫。那时我同昆汀才满十六岁,而我必须承认贝拉很漂亮,我相信昆汀也一定这么认为,我们总是有着相同的默契。贝拉看起来年纪比我们大不了多少,我问她满二十岁没有,她说刚过二十二。昆汀说,这是他父亲多年来第一次带这么年轻的女孩回来。

贝拉说:"雷诺是在夏威夷遇见我的。"

"你来自夏威夷?"

贝拉点点头,说她在一家度假酒店做服务生,那个地方虽然靠海,但跟这里没什么两样,跟全世界的小镇一样,她都讨厌。"在夏威夷,人人都在酒店工作,只不过我的运气好一点,被你父亲看上了,现在我不用回去上班了,我跟着你父亲到处跑。"她说。

"我没去过夏威夷。"我说。

"也许我还会回去的,这不好说。"贝拉又伸手搭在我肩上,"如果雷诺能带上你,你应该来夏威夷看看。这世上只有夏威夷人不会喜欢夏威夷,你会。"

昆汀说他实在不明白贝拉看上他父亲什么,我有一下怔住了,觉得这个问题会为难贝拉。但她没有,她只是笑笑，说我们还是太年轻，不懂。

车子沿着洲际公路走，大概过去十分钟，我们往斯拉泽小镇方向去，半路拐弯进了一个湿地公园，经过公园后是一片红树林。我们都知道这个地方，贝拉探出脑袋朝树林仰望，阳光洒落到她脖颈处，我回头看了好一会儿。昆汀将车子停在一棵树下，我看了看时间，临近中午十二时。

"你们确定这是好地方吗？一整天？"贝拉站在树下，看着我们将食物摆在地毯上。

"没什么地方更适合你了，对你来说，躲避才是正经事。"昆汀说。

"这附近还有一家牛排城和一个加油站。"我补充道。

"活受罪，"她说，"我总是在经历这些事，你永远不知道下一秒会在什么莫名其妙的地方。"

"我倒希望自己能去什么地方。"我说。

餐包、果酱、水果沙拉、蛋糕、果仁，盒子里有一些煎过的蛋饼以及意大利面，几瓶汽水与一加仑的橙汁，分量很大。

"现在我肚子饿了，吃完这些我可以睡上一整天。"昆汀说。

我们都将果酱抹在面包上，看见什么吃什么，手指沾满各种食物。贝拉在吮吸手指时还不忘靠近我,色情讯号的传达被她演得有些滑稽,直到我发笑。昆汀说我们会被他父亲棒打鸳鸯的。

"你父亲并没有你说得那么糟糕。"贝拉说。

"老色鬼,邋遢,暴露狂,控制欲强,没有责任心,除了做大了生意,他一无是处。"

"做大了生意,这就够了。"贝拉喝了一口橙汁,"他有时半夜失眠会在窗台看月亮,你们知道这意味着什么吗?意味着他还有人情味。"

"这种鬼话你也说得出来?大多数时候的他,我比你了解更多。"

"但他的另一面恰好是我了解的,不是吗?"

我没说话,生怕打断他们对一个与他们有着共同牵连的男人的判断。但不得不说他们都有失偏颇,站在各自的角度发言。

"无情的男人不会看月亮,失眠了他们会看半夜剧场或者抽烟,一支又一支。"贝拉为自己总结出对男人的经验而得意扬扬。

"也许他只是觉得房子闷热,仅此而已。他皮肤油脂分泌很厉害,说实话,我不懂你是怎样跟他亲热的,我想起来有些恶心。"

贝拉微笑着，放下食物，一把推倒昆汀，提起裙子露出大腿，骑在他身上。他们鼻子之间还有一英寸的距离，几乎要亲下去。她的举动让我吃了一惊。

"这样呢？这么近的时候你还能看清什么？这样还会恶心吗？"贝拉挑逗着说。

"别以为我不敢亲你，我只是懒得伸长脖子。"昆汀说，但我听得出他的不确切，他向来善于用言语遮蔽自己内心所想，但语气失常。

贝拉松开昆汀，从他身上下来，表情仍显得意，目光投向了我："我敢说你就不敢亲我，你看起来比他温驯多了。"

昆汀"呸"了一声，嘲笑我。温驯，她用这样的词形容第一天认识的我，不得不说她看破了我与昆汀之间的性格差异，但她的小聪明在我看来是可笑的。我摇头，说他们很幼稚，躺在地毯一边，枕着自己的双手。后来他们也躺下，昆汀说他困了，贝拉躺在我们中间。有一瞬间我感到三个人的心跳都在加速，仿佛这是一场较量，在那静静躺着没人敢轻易发出攻击，一旦先于暴露自己，那么谁就输了。可是我们在较量什么？我不知道。春风在午后又吹了起来，树荫下的温度刚刚好，好到仿佛这一切都是提前安排好的。渐渐地我有了睡意，闭上了眼睛。但我睡得不踏实，耳边一直传来口水在舌头与口腔之间微微的搅动声，还有四肢缠绕抚摸衣裳发出的声音，暧昧而甜蜜，好像就发生在昆汀与贝拉身上。我猛地张开眼，阳光恰好照在我脸上，非常刺眼。"你睡不着吗？"贝拉不知几时将身子翻转过来，双手撑着细小的脸蛋，柔情地看着我。

"我睡着了。"我说。

"现在你醒了。"

"昆汀呢？"

贝拉动了动，越过她我看见昆汀已经沉睡。也许昨夜的酒劲让他疲倦，呼吸很均匀。我有些头疼，起身喝了点橙汁。春天了，贝拉这时候说了句。春天怎么了？我问。她笑笑，说这季节容易过敏。考虑到昆汀已经沉睡，我问她是否想要到附近走走。我很乐意，她说。

这附近没什么可看的，但是红树林与湿地公园交界的地方能看见不远处的布达利湖泊，我决定带贝拉去那，但我不知道当时为什么要这么做。而我这么做或许还带有一点私心，尽管我一直否认。我也记不清当时是怎么走到湖边的，那条小径昆汀带我走过一次，我们曾在湖里游泳，还是小时候的事情。

我们听见有几个男孩在湖的另一边，说话声音很大，声称要再一次划船出发一趟，想要用力量证明自己还能划到那个深幽的石洞。也许他们都因为第一次翻船而湿透了，又不想要放弃。我说他们有些意气用事，当然我是支持的，换作是昆汀也会这么做，如果真的有一个石洞的话。贝拉表示没兴趣，走近湖边蹲下，脱下她的马丁靴，用脚趾去试水温。

那天阳光非常明媚，春天临近结束时那种湿气消散的初夏感还没有很热，阳光映射在波光粼粼的湖面上美丽得让人有些吃惊，现在想来我甚至忘记自己曾去过那样的地方，不相信小镇里还有奇迹。我在贝拉身旁蹲下，也脱下鞋子，但尽管气候很暖和，湖水还是冰凉的。我们就那样坐在湖边，当我转头的时候，贝拉正看着我，那一刻我没有感到任何尴尬或不适。她问我有没有女朋友，我摇摇头。我闻到了近处野草的气息，闻到我们小腿的肌肤因为水汽蒸发的暧昧。其实我在学校有一个走得很近的女同学，但我们只是念书的时候在一起，几乎全校的人都说我们是一对公认的恋人。我没告诉贝拉。我也不知道贝拉在岸边时是否同我一样带着一种少年对身体交融与激情爱恋的期待，而接下来的拥吻确实是我没有预料到的。阳光很温暖，我的身体显然变得温热起来。那种感觉很奇妙，好像贝拉她本来就认识我，不曾离我而去，尽管她是雷诺的情人，但她还是停留在我身边。她将头发盘到另一边，脑袋渐渐往我身上靠，双腿晃动，脚趾滑过我的脚后跟，有些痒，湖水被她轻轻的动作搅拌出一圈又一圈细微的波纹。一开始我生怕划船远去的几位男孩回头发现我们，但微风扬起岸边的野草让我知道这翠绿的东西是一种很好的掩护。我开始出现幻觉，假如自己没有家人，狠心背叛朋友，是否可以带着贝拉离开这个鬼地方，去往我们想去的世界。有一刹那我感到名声与身份对我来说真的没有太多的顾虑，我平平无奇，一无所有，那些威望的声誉也从来没有过。

"你们去哪呢？雷诺知道了可不高兴了。"

我的电话响了，是昆汀，他声音沙哑，像是刚从梦中醒来。贝拉离开我怀里，随手从草堆里摘下一些大块的叶子，擦干双脚，将她的马丁靴穿上。我提着鞋子，跟在她身后往树林回去。她很瘦，刚才即便是搂着她我也不敢轻易使劲。她走路轻盈，像只没有翅膀的小鸟，显得马丁靴好沉重。她脱下了外套，系在腰间，随着身体摆动。那会儿，我对自己关于女性身体的热切渴望尤为炽烈，我不曾料到自己会对一位来自夏威夷的女孩如此感兴趣。她与众不同，但相貌平平又与街上的女孩没多大差别。不过她的肤色很漂亮，浅棕色的，每当阳光从树叶枝杈间渗落到她身上时，她看起来几乎要发光。

午后进入我房间

昆汀就站在一棵树下，等到我们走近树林时，他双臂抱在胸前，背靠树干，样子笑嘻嘻的。他同以往的样子有些陌生，那一刻不知是我内心作怪，还是因为午后开始闷热的缘故，困扰着我对昆汀的判断，我竟第一次猜测不到我的好朋友在想些什么。贝拉跑了起来，昆汀转过身弯着腰，她默契地跳到昆汀的背上，大声欢呼着，好像跟我们已经非常熟悉的样子。我跟在后面笑了起来，但昆汀已经背着贝拉飞快地跑了很远，他们扮演着角色，语气俏皮，声音穿梭在树林之间，断断续续地回响，好似整个树林的鸟儿都被他们惊醒，倏忽之间拍打起翅膀盲目起飞。

我刻意放慢了脚步，转眼间已经看不见他们了，声音也越来越微弱，直到消失。也许我需要时间调整自己的状态。有很长一段时间我都认为保持沉默会是最能拯救自己的方式，如今也一样，我习惯了这种方式。

我沿着路途返回。在那棵大树下面，地毯上零散放着我们的食物，他们不在那，没人收拾的餐食显得孤单。我回到地毯上躺着，找到舒适的位置，避免阳光直射。我对自己说不要去猜测，不要去好奇，她不是谁，她很瘦，她来自夏威夷，她不是谁，是雷诺的小情人。但尽管我这样命令自己，还是忍不住坐直身子。他们在车上，我知道，他们就在那儿。我看看自己的脚底，已经很脏了，于是也懒得穿上鞋，光脚可以减轻声音。车子在不远的地方，同样是一棵大树下，我绕了半圈，从后面走去。车子看起来没有人在，但轻微的抖动还是出卖了他们。当然，这并没有什么，也不代表什么，我暗示自己。我轻轻靠近皮卡车，甚至我从后视镜看到了自己鬼祟的样子，他们都没发现我。他们在后排座上，昆汀压着贝拉，他们都穿着衣服，昆汀偶尔扭动着身体，但一会儿两人又僵持着，兴许只是保持接吻。

我蹲了下去，不知道有什么事可做。我想离开这，但这代表我们的关系会破坏。头顶上的树叶忽然晃动了，于是我跳了起来，打算吓他们一跳。我打开车门，用力跳往昆汀身上压，他们都发出一声惨叫。怪异的举动给了我勇气，我挪开昆汀的脑袋，对着贝拉亲了又亲，她先是有些不知所措，接着大笑，笑得身子乱颤，头发凌乱。昆汀掰开我的手，用他有力的臂膀扣住我，为表示报复而亲上我并用牙齿咬我的嘴唇，我含糊大叫着"混蛋、混蛋"，贝拉看见笑得更大声。我感到车身因我们乱动而震得十分厉害，原本奇怪的关系在我们之间开始消失了。

午后果汁喝了不少，贝拉在地毯上没有多少时间是静下来的，一会儿聊天，一会儿跳舞，我同昆汀都在她旋转的时候看见裙子里面的春光，她得知后又故意拉起，装作害羞，或者摆起梦露的动作。

"你这样我们很难做的。"昆汀说。

"有什么难做？这是最简单的事情。"贝拉说。

"你在说什么事情？"

"在说你所说的——事情。"贝拉又转向我，"也是你想的事情。"

我摊开双手，表示什么也没想。

"他善于用肢体掩盖内心。"昆汀揭发我。

我反驳："他才是那个掩盖的人，不过他用言语。"

"搞不懂你们。"贝拉起身，又旋转起来，偶尔停下来喘气，提起一条腿压在树根上，"我是有功底的，你们发现了吗？"

"发现了。"

"我一开始在酒店工作的时候就在康体中心，瑜伽老师是个印度来的女人，我虽然只是打扫，但我有的是机会偷师。"

"你说你学的是瑜伽，但你刚刚在跳舞。"

贝拉停下来，将食物又推到一边，开始做着一些奇怪的动作，尽力将自己保持平衡。也许因为草地不平的缘故，她不停地晃动，难以维持。

"你看起来很业余。"昆汀奚落她。

"你不懂，阿凯懂。"

"凯，你懂吗？"

他们两人都那样看着我，好像我点头就会决定了命运似的那么重要，我不太喜欢别人一直凝视我直到得到答案。我没给反应，躺了下去。太阳躲起来了，天空很灰，风停了，温度也慢慢下降。我说该回去了，再过一会儿就到傍晚了，雷诺等着你呢。贝拉收起了笑容，一个翻身，假装摔倒在地上，我没有动，昆汀也没有动。有蛙鸣在近处响起，贝拉随着蛙鸣的节奏，停停顿顿地说，还不——拉我——起来？

回去的时候贝拉坐在副驾上，车窗摇得很低，车子开得不快不慢，春风拂过，也吹到我的脸上来了。她张开双手，一只手抚摸着昆汀的脖子，一只手伸出车窗外，双臂犹如一只蝴蝶的翅膀在轻轻扇动。裙子的肩带有时从她肩膀滑落，她便耸肩侧头，轻轻扭动。我一直以为女孩们都是保守的，至少在我们这个镇里，她们给我的印象便是如此。兴许是我没见过世面，也有可能贝拉显得另类一些，但不管如何，到了那一刻我竟有些不舍，一种逐渐失落的分离愁绪在我心里开始蔓延。我不知道昆汀是否同我有着相似的想法，一些在少年们看来相对比较难能可贵的经历，关于女孩给到我的一种青葱欲望，在现实与虚幻之间

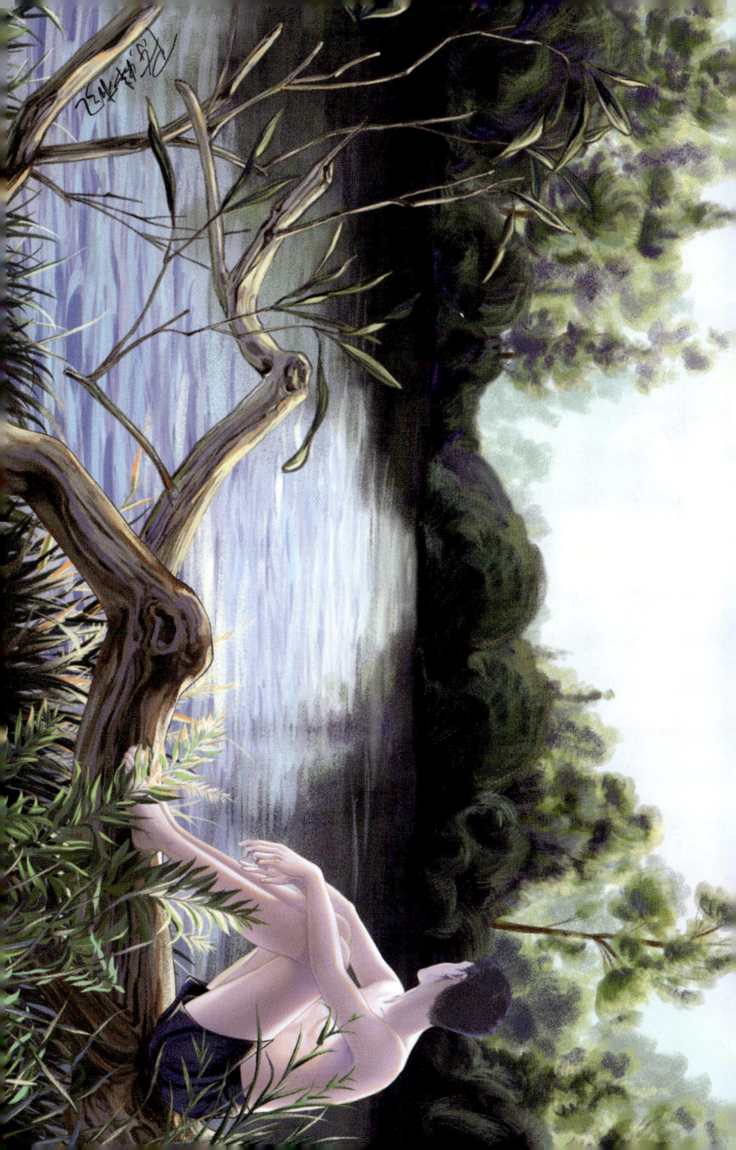

午后进入我房间

时过境迁
周围的一切都会改变的
我很早就明白这一点
白驹过隙
瞬息万变

STEP INTO MY ROOM IN THE AFTERNOON

温凯尔 著
By Kasper

飘忽不定却又显得那么牢固如盘。以至于当贝拉唱起歌的时候，我们都跟着哼了起来，她唱的是歌颂和平的歌曲，我在学校听过，但不记得歌词了。那时我第一次知道，大概无论什么歌，在离别时候唱起的话，它注定是代表难过的。后来那些年每当我想起那首歌，都一直如此。

那是第一次也是最后一次看见贝拉，在回程上我们没有再说一句话，只是反复地唱着歌，直到车子驶进汽车旅馆，雷诺穿着笔挺的西服套装，站在旅馆门口，我们才停下来。歌声突然终止的瞬间让我知道这一切即将结束。雷诺看见我们，走近车身替贝拉打开车门。贝拉还没完全下来，就被他一把搂住，亲了又亲，同早晨的情形一模一样，贝拉晃来晃去。我甚至觉得贝拉在床上会被雷诺这只大块头折磨得不成人样，她那么瘦小，怎么承受。

"来得刚刚好，这里晚上有自助餐。你要来吗？"雷诺问昆汀，又发现我在车上，"你们要来吗？"昆汀没有说话，回头看了我一眼，我知道我们都不想去。不去了，昆汀说。雷诺也无所谓，将一包烟丢进车里来像是打赏昆汀帮了他的忙似的，说："告诉你母亲，我忙，就不回去吃饭了。"

接下来谁也没再说话，我只是静静看着贝拉，她虽然显出一副幸福的样子，但看似有些勉强，一会儿看着昆汀，一会儿看看我，想说点什么，却找不到机会。又或者她并不想说什么，借着脸上看不清的神色与我们告别。我们离开汽车旅馆，倒车时我从镜中看见他们返回旅馆的背影，贝拉回头看了一眼，但下一秒车子便再次走上州际公路，背向斯拉泽小镇的方向开去。我一直想对昆汀说点什么，但是脑海里没有任何合适的字词。车子跨过路面的一块石头，我们都颠簸着，仍旧默契地相视一笑。我点燃了雷诺给的烟，递给昆汀一支，自己再抽上一支，窝在车上，将车窗降到最低。

车里自带的收音电台放着音乐，可是很快就变成主持人毫不幽默的脱口秀，听不下去，于是我一直在调频，好像这件事无论怎么都会一直困扰着我似的。我一直想着贝拉。昆汀静静地开车，偶尔看看我或者看我转动调频按钮，不怎么说话。此情此景我好像在哪就已经历过，不太像是在梦里，是一种真切的感受。好像我总有这样的直觉，偶尔在特定的环境会发现似曾相识的人与物。

大概过了十分钟之后，在昆汀开口说"你看那边有一架飞得这么低矮的飞机"时，我想起来了。那时我开着这辆皮卡车，应该是关于有人要搬东西回家的事，又或者是昆汀要过生日，具体因为什么我已经想不起来了。那时我们经过一个很小的村庄，通往一条漫长的乡村道路。昆汀在副驾坐着，他指了指远方说那边有一座塔，但我什么也看不见。"就在那呀，看不到吗？"他有点着急，叫我开慢一点，倘若我开得太快就真的什么都看不见了。不过我当时只是说这有什么关系，看见一座塔对你没什么好处。后来他就没有说话了，我也没有看见那座塔，他好像有点失落。我不知道这有什么重要的，不过是一件什么也没发生的事。回程时昆汀刻意在那附近又留意了下，但因为天太黑，塔也没有发出灯光的讯号，尽管我将车子慢下来了，还是什么都看不见。倘若当时那座塔会发射灯光，我想我们应该能看得见，我也还是乐意相信的。不过，后来我们也没有机会再走那一条路了。

长岛酒吧

一

礼拜五那天莉莉因下雨失约了,说晚上才过来。下午五点的天空很阴沉,雨水淅淅沥沥一直下,又因风儿往一个方向飘洒,天空中布满了灰白的云雾。我收起雨伞(也许某个地方破裂了有缝隙,一路上都有水滴落到头上),擦擦头发,抹走水珠,想弄明白云雾有没有在走。我的猫咪阿堂走失两天了,我独自沿着左右两个方向各走了两百米,把寻猫启事张贴在电线杆与喷满"钻井机"或"发票联络电话"的墙壁上,经过的路人会看看纸张内容和猫的模样,但很快就继续往前走了。"先生,等天气好了再贴吧。"有好心人这样劝我,我没致谢,回头看着那人,如同对方发现失踪猫咪的蛛丝马迹。"你看见了吗?"我的声音有些冲动，那人摇摇脑袋离开了。

往后又有一些大人小孩在留意我，但没有多少人会真正看寻猫启事。人们发现它的时候会遗忘主人的讯息，应该当下记住我的联络方式，我有些埋怨，贴下最后一张启事，在公寓楼下。也许房东看见过，一位岁数已高的老太太，但她一直不建议住户养宠物，我知道她永远不会说她曾发现阿堂，如果她知道的话，甚至她会责怪我，反复声明纸张日后撕不干净的话公寓大门就会非常丑陋。但这与自己有什么关系呢，我想，我的猫比较重要。贴完启事，我沿着楼梯走上三楼，进屋便脱下湿衣服随手挂在墙壁上。窗外吹来的风有些大，却又不愿取下衣服再穿上。忍忍吧，我想，坐一阵天就黑了。除了滴水声，周围很安静。印象里儿时就时常出现这种天气，八九月份的中旬还能借着雨水带来凉意。那时候父亲告诉我，我们居住的地方属于亚热带季风气候，夏天受海洋气团影响常有丰沛的雨水。

阿堂的走失让我感到孤单，原本生活的样子已无生气，面对它的离开，我希望自己不会难过到心里揪紧。事情确实如我所想，淡然如同冬日的湖水，凄凄凉薄，除了有些孤单与不习惯，这件事并没有带来什么大悲伤。

晚上莉莉出现在公寓楼下，穿着白色短裙，手握长伞

午后进入我房间

笔挺站立于公寓门口。我让她直接上来，公寓大门的锁坏了以后一直没有更换，岁数已高的房东令人讨厌又十分健忘。

"绍文，你的浴巾也该换了。"莉莉进门看见我围在腰间的浴巾，这已不是她第一次提到这件事情，我每次淋浴都知道，偏偏出门想不起浴巾这样的商品要去哪里买。

"超级市场。"莉莉说。

"我很久没去购物了，我先换衣服。"

莉莉摇摇头随手抓过桌面的一包烟，走到窗台点着。你再也没有像我这么好的知己了，她说。声音走到雨后风中，随着第一口烟雾蠕流于外。知己，她用知己二字。我解下浴巾为双腿及胯下擦了一遍，穿上内裤在衣柜找了两件衣服，犹豫着穿什么。"你帮我挑一下，白色？还是黑色？"我同时提着两件T恤。莉莉回过头，向前走近衣柜推推我，"借过。"她非常熟悉地抽出蓝白条纹海军风的衣服，"这件好，谁都会迷恋你。"那是好几年前生日时她送我的。

两人走在街上，路面水淋淋的，雨水也把寻猫启事都打湿了。莉莉一路走过，嘴里嫌弃这种寻猫方式。

"没有开车来？"

"今天叔父用车了。阿堂哪去了？"

"走失有两天了,路人难道都没发现阿堂吗?"

莉莉摇摇头,说自己也不清楚,除了抓猫人与宠物店的相关人员,大概还有这样一种人士——他们不会对自身之外的事情有任何兴趣,也许连一眼也没有看寻猫启事的内容,只当是某个医院的广告,又或是几秒记忆,并不会在下一次看见一只白猫而想起有人正在找它。但走失即是走失了,我知道这种方法真的很难找回它,但也没其他办法了。

"人们不会那么冷淡。"我坚持己见。

"明明你也是那样的人。"

"你总装作很了解我啊。"

"又或许真的没人看见阿堂,放弃吧,我看不出你日后对阿堂会有几多怀念。"

阿尤很早之前就叫莉莉跟我到长岛酒吧一趟,只是我一直因画作的事情没有答应,况且吵闹的酒吧并不是我所能停留的地方。我以为自己穿上海军服会显得愚昧,我不喜欢成为焦点。但进出的人们竟打扮浮夸,精致的妆容与秀发,还有混杂的香水扑鼻而来。我把腰间的海军帽扣得更稳一些。阿尤特地出来等我们,他与莉莉拥抱。我并不知他们的感情已经比我还要深厚,摇摇头表示阿尤过度热情，热而无情，他坚持自己本来就是个热情的人。

长岛酒吧不再是从前舞曲当道的娱乐场所，有歌手在台上唱歌，感觉很写意。以前的长岛十二点后会放舞曲，如果人们乐意的话，不过现在取消了，阿尤告知新接过酒吧重新装修的老板连DJ都没请一个，只是找来些酒吧歌手轮流驻场。我建议整点准时离开，没有填饱肚子将难以忍受。

"你们没有吃过什么吗？"阿尤说。

"没有，没有吃晚餐，我以为他会为我的到来准备晚餐，但他连冰箱都是空的，厨房只剩阿堂的猫粮。"莉莉喝了一口兑过的橙味威士忌，冰块在响，她耸耸肩。

"绍文，听说阿堂离开你了？"

"你看见它了吗？"

"自从我到这家酒吧翻工就没再见过它了，梦里好像出现过，在一个上天赐我羽翼的梦境里，阿堂幻化成神宠跟我一同飞天。"阿尤说，很快又忽略了猫咪失踪的话题，"我还是很怀念我们三个人整天在一起生活的那些日子，无忧无虑，不像现在有工作缠身。噢，绍文，年初春天留在你家的外套帮我洗了吗？记得下次给我带过来。"

"忘了。"

"但你看起来很放松啊，可以坐在这里跟客人聊天。"

莉莉嘲笑他。

"没有关系,其他侍应也都这个样子。世界上的侍应不都是这样的吗?"

"我不知道,但这样的服务可能会被炒鱿鱼。"我说,手指沿着杯口轻轻滑动,直至将点缀的柠檬片弄掉。

长岛酒吧开业已有一个月,来客一直不温不火。阿尤业余会谈长岛的利弊,在风水的角度,但老板劝他只须好好工作。年少时的阿尤十分叛逆,有过那种朝母亲扔杯子的故事。他比莉莉和我的年龄要小一些。有一年他的母亲为此来找过我,她认为画画的人具备沉稳内敛的性格,对待事情有某种惊人的专注,以此说服阿尤,期望他能有自己的目标与生活。但她没料到画画的人心境有时候太过淡然,也自私,非他事情并不怎么落心机去留意或协助。我也曾试过认真陪他度过了好长时间,他把我当作哥哥,但没有发誓要成为怎样的人。

后来阿尤依旧没有出息,过去频繁更换工作的事情直到最近才告一段落,在长岛酒吧翻工的时间超出大家的预料。我带点自责的口吻表示替他有了常规的生活而感到高兴,好像此刻我们都是陌生的,无法感应对方的心在想什么。我有些后知后觉,意识到阿尤刚才说的话是对的,我也同样怀念过去三个人一起的日子,结伴去远途,跳河里戏水，或登摩天高楼一同高呼。阿尤爽朗的笑声与热情的拥抱在这些时候也是难能可贵的调剂，有时候话多的人总是出其不意让人感到他某些时刻存在的重要。我曾经有过话太多的朋友，那阵子我只觉困顿，后来我冷落了他。

因为肚饿的缘故，阿尤给我们递来三文治与洒上干盐的一小盘青豆，时间好像就在食物、酒精、灯光与歌声中缓缓流淌，没有任何干扰。调酒师在酒柜前偶尔发呆，有人经过时露两手技艺，将玻璃酒樽甩来甩去。十二点过去了，酒吧没有播放舞曲，只是换了歌手。我们还是准时离开了长岛，莉莉的眼神进入迷离状态，右手稳稳拽住我，我向她叹气没有任何人因为我的衣服而迷恋我，她抓过我腰间的帽子戴在自己头上。阿尤想要翘班随我们一同离去，却被老板吩咐更多的事情。我想我们三个人又会因长岛酒吧的开业而常聚了。

莉莉有着从未被击垮的自信，即使有过挫败，却也无时无刻不在散发着光芒。她的经历比身边的人都更丰富，谈话向来保持一种坦然而略微严肃的态度，性格形成得太早。我跟阿尤都知道莉莉坚强，从小靠勇气长大。她第一次在我们面前哭泣是父母离异那天，她对母亲的遭遇与痛苦感到心凉。莉莉的奶奶重男轻女，从莉莉出生那日起，就在院落门口吐口水，有意无意大声说话，咒骂自己的媳妇无用，也嫌弃莉莉。奶奶几乎没有抱过她，甚至在寒冬时编织的帽子，也只有他大伯儿子的份。她从未有过什么水果硬糖，童年一味贯穿被冷落与不公。因此，父母离异后，她选择了母亲，大部分是因为讨厌再跟奶奶一起。母女来到城里，她叔父追着过来了，他说他会跟她们一起生活，并照顾她们。莉莉说她第一次看见母亲与叔父亲热有些反感，但不至于太过讶异。她的叔父一直对她们很好，他左脚失去了最后的小脚趾，有一次在泳池游泳时我留意过。

　　类似的事情多了，生活也就不那么在乎所谓的公平与否了。心脏裹了一层茧，忍受力自然变深。阿尤羡慕过莉莉这种性子，在他还没进入社会之前。现在他不那么认为，至少他觉知自己可以成为另一种不同的人，而莉莉拥有的是她自己该有的特质。我年少时也曾有一阵仰慕莉莉，我在她身上看见一种从容与坚毅，从没更变过。

　　后来有一年我为高瑾生作画，从九月到十月，每隔几天要去一次他的豪华别墅里，为客厅与卧室画出他所认为别出心裁的画。高瑾生是我美术老师的重要朋友，一位事业成功的创业家，闲时也能简单画几笔，自嘲为某种印象流派。高瑾生的太太比他年轻将近二十岁，一开始我误以为是高瑾生的千金,看起来带有某种特定地域的模样,几乎能随时来一段歌舞表演。有一次她走进我画画的工作间,给我沏了一杯红茶,她也懂画,聊了几句关于凡·高与竹久梦二的作品。后来整个夏日里我发现高太太都在别墅后的湖边慢跑,苗条的身材与因汗液而紧贴肌肤的发丝,是我对她发出躁动情欲的初始。若非下雨,大多数清晨都能看见她。有一天晚上我故作灵感充沛,通宵作画,凌晨结束时独身起步至湖边,藏匿于草丛中,等待高太太步入眼帘,好观望她更多的时刻。那时候高太太还没有怀孕,闲暇时光迫使她要保持迷人身段。我叹气,为自己的情迷绽开感到一丝危险与绝望。就那样开始习惯偷看她跑步,渐渐成为生活中难得快乐的一件小事。一直持续到十月末(又或是十一月初,也许当时画画没有完成而拖延了),清晨秋风萧瑟,低温的日子里,我没有再看见高太太在湖边慢跑了。好像有种曼妙的关系就此消失,并且没真正拥有过任何东西。我们之间甚至连告别也不正式。作画结束的那天,包括高瑾生年迈的母亲在内,大家都在别墅院落里待了一个下午。高瑾生亲自为我泡了红茶,同样香味四溢,高太太在一旁为我们端来点心与生果,又为她婆婆认真削皮。我从高瑾生手里取过一笔丰厚的报酬,是现金,统统塞进背囊里,告别后又偷偷往湖泊去,私自遥望也许不会再看见的风景。那些日子好似被搅碎的果肉渣滓，翻滚在开水里炽热迸发出朝四面八方的爱的能量。有时候我知道自己太过迷恋高太太，沉沦在一种想要追寻美好愿景的欲望中，不是十分理智的念头。但在当时我认定这是爱情的一种，虽无趣无果，却一直保持了心思缜密的习惯，从盛夏到寒秋，也为自己在高家所作的画留下几许难得的爱情思绪，统统注入颜料当中。离开高瑾生的别墅以后，我以为自己能恢复到原本的样子，然而心中对高太太的样子太过难忘，确实又伤心过。

后来有一次我与高太太在商业中心相遇了。你好，高太太说。肚子都大起来了。她说六个月了。我恭喜她，但她只是说我在别墅留下的画非常漂亮，政客与商人们都很喜欢，他们甚至还向高瑾生要了我的联络方式。但在那之后，我都没有接到电话是关于画画的。那时我们都聊得太过生硬了，以至于当我提出抱她一下的时候，她并没有表现太多的惊讶。她的肚子挺了起来而无法抱她太实，但我趁机亲了她的脸颊，对她说我爱你。那是唯独一次我从未思考停顿所直接说出过的表达。

倘若我不曾说过流露心声的那句话，也许高太太还会十分客气地以"有空常来我们家做客"之类的邀请来持续关系。有一段时间我沉浸在回忆的痛苦里难以感到生活的随性自如，莉莉不知道我到底在难过什么，她认为高瑾生娶了一个年轻的少妇这种结合本来就是世俗的人——两者皆是。我反驳她看不清爱情的真谛，但又被她的人文主义言论所反驳回去。我常常想起别墅后面的湖光山色，高太太慢跑的身影，均匀的跑速与脑后甩动的发尾。我认为我确实爱过她，也认为关于爱情实在是不宜让人为知太多，点到为止他人才不会为自己发腻。万千世界真的无人要了解这么多，多情的人有他原本的烦恼。那次以后，讲义气的莉莉开着叔父的旧车，带我去了遥远的山岩地区参加露营。事实上她并没有什么语言是安慰我的，一般女孩的标准对她来说不太能成立，只不过她能付出那么多的时间与陪伴，供我消费，即使是话多的阿尤，安慰也不足她的一半。那一刻我动了心，当我们在露营的帐篷里探出脑袋遥望星星的时候，夜空好像在旋转。也许我不是对莉莉有了爱情的冲动，我不知道，可能是某种让我安心的气息在萦绕。现在我归纳为安全感。我以为我当时当刻会跟她接吻，在星空闪耀下，这样得天独厚的时机，但我没有（我那时刚好画过一幅巨大的画是关于星空的，在高瑾生家中）。同样她没有对我做出什么友谊之外的事情，我理解为她在考虑到我失去高太太的情形下而理智了一番。但阿尤私下跟我说过我们两个这样下去会产生爱情，他作为朋友会难以找到合适的位置,虽然不会反对,但不建议我们发生什么。我坚持自己的直觉,说大家都很清楚怎么样维持较为融洽的关系。

重新遇见高太太是在多次到长岛酒吧以后的某一个夜晚,这归于阿尤在长岛翻工的缘故,三人回到以往相聚的状态。

那天傍晚天黑前我们坐上莉莉的车,走上沿海公路游车河,阿尤在后排座浅浅入眠。途经海岸公园时,近处有高高的大树摇晃,海浪哗哗呼啸,原有的霞光被乌云覆盖,风儿吹进了车窗。莉莉把太阳镜挪至头顶好压住纷飞的头发。新一轮台风"森堡"刚刚生成,败坏的天气让人感到出门在外难免焦急。我不明白为什么大多日子都在下雨,夏天明明那么长。阿尤说我只是忘了晴天的美好,当一个人太过在意某种明显的迹象,就会忘了事情原本常有的状态。莉莉说他长大了,也是时候谈恋爱了。她问他为何到现在都没有恋爱过,阿尤轻描淡写他曾经与隔壁学校的某人有过故事,不过他表示这已经不重要。他很少交代自己的过去。我记得莉莉给他送过一本伍尔夫的小说,他藏在一个深棕色的樟木箱子里,而那箱子是我送他的生日礼物,北方樟木与铜质配件,他在里面放一些有意义的物件，同时还放了我们三个人的合照。

还是莉莉她叔父的那辆旧车，车身满是划痕，甚至有些凹陷的部位，车内收音电台也常常因路面颠簸而失去讯号。但这是我们常有的交通工具，如果莉莉的叔父不会某天醒来说禁止驾驶的话。

"疾风骤雨即将要来。"我说。莉莉望了我一眼，没有说什么。再往前开了一公里，雨就落下来了，一开始还不那么大，是狂风猛然来袭，暗如凌晨，没有光，没有灯。我心里有种奇怪的预感。后来雨大了，三人停在就近一家海鲜餐馆，吃了虾面作晚餐便回长岛去，阿尤该迟到了，老板吩咐他今夜开门。到达长岛时，并不是很多人，三两人群聚集在门外长廊挡雨。也就这时，我看见了高太太，透过左右摇晃的雨刮，她一个人在长廊尽头站着，一脸茫然，有些手足无措。长岛已过开门的点，众人像是在等待，但看来更像躲雨。印象中阿尤与莉莉冒雨冲着过去，阿尤翻出钥匙走去后门准备开门营业，打开酒吧灯光，莉莉好似又跑回来了，问我怎么傻傻站着不动，大雨已将我淋湿。我说我看见高太太了，或者我只是心里面说。莉莉随我目光望去，也许她看见一位与我们年纪相仿的女子，长发垂落，双目有神，在雨夜中发出醒目的光。是的，她穿着改良旗袍与低跟鞋，也许只是衣服的设计像旗袍罢，但仍旧拥有那种似民族的特性，随时能来一段歌舞表演。莉莉说这是她第一次看见高太太，那位多年前无数次从我口中娓娓道来的女人。但高太太身上并没有以前我所认为的那样孤傲，也不那么洒脱，或许是雨天的缘故，每个人都似是站立在朦胧中，但她偏偏还是拥有某种不凡的气质。

"他们是我朋友。"当莉莉跟阿尤从吧台转过头时，我对高太太说。但她似乎不大关心，只向他们点头示好。以往高太太在湖边慢跑的景象又出现在我脑海里，这几年来我以为她都只会活在我的过去，仅仅带着一些情绪但不足以让我感到悲伤的回忆，不存在我的当下。但我错了。面对她我竟忽然间失去了一些坚定的东西，如果说我还爱她，那一刻我自己都差点相信这是千真万确的。

"真的过去太多年了。"她说，但事实上并没有很多年，显然她在夸大，或者说女人总是夸大。我对数字很模糊，可能一只手就能数出来，但我不清楚是五年还是更多。接着我开始质疑自己，重遇后的感觉仿佛不得不置身从前，唤醒对她的爱，然而仅仅只是难能的回忆再现，迫使自己消融在那时候的长长云烟之中，心里又有些落寞。如此一来，心里反反复复地开始挣扎什么才是自己真正所想的。我知道迫近的念头都不可靠。

"过去很多年了,也没见过你。后来有一段时间我常常在我们相遇的那个商业中心试图逗留。"我说,很快流露出心声,但我想下一句话开始要收敛一些。

"你也没有来别墅看我。"

"实在想说声抱歉,只是,我没有找到什么理由。"

"瑾生啊,你也该看看他。"

我沉默,想起高瑾生的模样,不太清晰,甚至开始想不起来他有没有戴眼镜。

"高先生还好吗?"

现在轮到她沉默了,仿佛道清事情的现状难以开口。

"应该不会很差,我也不太清楚,我们分开了。"

重遇的事情其实没有让我十分诧异,毕竟同在一个城市,若要真的相见也不是困难的事。我不知道高瑾生跟她分开了,也未打算追问他们的事,我想说抱歉,但又觉得好无力。她喝了一口冰柠水,双目凝视杯口的神情让我想起珍妮特·温特森仿佛也在这种情形写过什么,于是我告诉她我看到过的一句话:"不管你摊上了什么样的时代什么样的命运,只要带着爱上路,就会有希望。"

我无法传授她关于爱情与婚姻的事情,我是那么渺小又无可奈何。情之于我大多也是幻化的梦,我又何曾得到过什么？况且面对她我有种劫后余生之感。她笑了笑，说我不必再喊她高太太，可以直呼她杨瑞欣。但我还是习惯于叫她高太太。

接近十一点的时候她起身离开，天下着小雨，"森堡"不知还会影响多久，留意天气的习惯像是只有生活稳定的人才会养成。高太太没让我送她回去，我陪她走出长岛，经过长廊，步伐慢得像是随便开口说一句话就会有新的故事要发生。但我没有说话，两人默默走近马路边，我替她拦下一辆的士。她还住在原来的别墅里，高瑾生留下房子与一笔丰厚的钱给她，每个月还会再给，但孩子要跟高瑾生，至于有没有真正离婚，我没有过问，她也没有告诉我太多细节。有空来看我，我最近在学习烹饪，她说，跟我挥挥手，钻进车里离开了。

"你看起来不会很悲伤。"莉莉的声音从身后传来，正依靠着长廊的柱子，双手抱着自己。

"我本来以为我看起来会很悲伤，但心里真正的悲伤可能并不会过多留在外表。"

莉莉伸手搭上我肩膀，返回酒吧去。

"我不知道高太太这么年轻。"阿尤给我倒了热茶，说滚烫的东西能让我恢复平静，莉莉点头。

"你们在干什么，我看起来像需要慰问吗？"

午后进入我房间

"我们尝试让你克制一下你的伤心，免得你离开我们今夜回去以后愈来愈难受。"

我不以为然，但也喝起了那杯热茶，认真听着台上的人在弹唱，歌词大概在唱一些关于城市的女孩，说她们在每一年的冬天总会做错选择。

"阿堂走了，回来一个高太太。"

"她跟高瑾生分开了，让我别再叫她高太太，叫杨瑞欣。"

"杨瑞欣？瑞欣，跟她一点也不符合。"

我点点头，感觉今夜漫长而混沌。阿尤说这名字很普通，继续坚称高太太。莉莉没有表明态度，她知道真正的意义不在名字上，而在于这个人给了你什么样的感受与过往。"还是叫高太太更让我舒服。"阿尤又强调一次，又好像是他们其中一个人说，我开始分辨不清声音。

阿堂的走失本来不至于让我觉得太过悲伤，莉莉也帮我得到证实。可事实是，当莉莉送我回家并嘱咐我早点休息时，我失眠了。这种感觉似曾相识，多年前离开高太太时我亦如此。我躺在床上，睡衣把自己箍紧了，于是在被窝中挣脱掉，烦躁的感觉又把我绷得紧紧的。雨声在这时消失了，世界好像随这一刻终止。我踢开被子，终于感到气息的流动，大口喘气，光着身子起身到画室。上一次的颜料又挤多了，干硬着黏在色板上，我沾上水慢慢打圈重新融开来。但也没有想要下笔。画纸上留下的是阿堂走失之前想要完成的，现在我念着名字应该取为《迷失在森林薄雾的猫》。我把阿堂画在清晨的森林中，它走了之后我没有再继续。夜好深，阳台屋檐有水往下滴，如此神秘的一刻该是画画的最好状态，但我想起来高太太，不知道自己在这种低沉的状态能画出什么来。我沾上调过一点蓝灰的深青色，比墨绿要浅一些，试图专注，却久久没能动笔。画笔不小心划过自己的腹部与大腿，下体勃起了，还沾有青色的颜料。我知道自己情绪不对，受高太太的影响而左右不定。持续的生理反应让我放下画笔，进行短暂、快速而猛烈的释放，像从深硬土埂里刨挖出一份浑浊的水源。我没控制好，射在画纸上，好像听见阿堂对我"喵"了一声，在那片清晨布满薄雾的森林中。

二

"绍文是个画家。"阿尤介绍我，他在吧台内里擦着高脚杯，小心翼翼把它们挂好。

长岛酒吧的老板是外地人，前年跟女朋友一起过来，在不太乐观的比较偏的某个小吃街开了家面馆，生意惨淡。后来女朋友走了，今年他决定接过长岛经营。

"能荣幸买下你的画挂在长岛吗？"老板说。

"那是我的荣幸。"

"我其实想要一种另类的东西，譬如吧台这边可以挂一幅《血腥玛丽》，但要从身体上索取元素，你懂吗？"我点点头。"或是那边，"老板指着台上的歌手，"舞台后面的放射灯刚好也可以挂一幅，跟音乐相关的东西，像贝壳，或者仙人掌。"

"真是非常棒的想法，但我可能画得不是很好。"我不明白仙人掌跟音乐有什么关系，大多数认为画画的人总是把物件强行拉扯，好表达他们想说却难以描述的观点。他的样子看起来接近四十岁。"三十五，我猜。"莉莉细声在我耳边说。我问她是不是马上对老板有了好感，她觉得我这种想法很荒唐。"现在有老板娘了吗？"但莉莉还是要问，我忍不住笑了。老板摇摇头，说之前的女朋友走了就没有再找过谁了，偶尔有美女搭讪或许会在附近的旅馆过一夜，现在比较困惑的状态是家里长期乱糟糟。我撑着一边脸颊，对着莉莉微笑，她问我干什么。等到老板去忙冰柜的酒水时，我说老板是个有魅力的人。

"为什么？"

"他很诚实，有美女搭讪呢。"

"也不知是些怎样的女人。"

"起初我没有留意老板,大多数老板都一个样,当他说出这些话时我注意到他的胡子是精心修剪过的。同样他有匀称的身材,你看。"

老板将地板上的啤酒放进冰柜里,弯腰时有结实的臀部与宽阔的背,手臂因发力而粗壮,莉莉为此有些害羞。

"我还不了解你。"我说。

"别装作你真的很了解。"

我差点说出"都接过吻了,还不算吗"这种话,但我克制了自己脱口而出。我有些尴尬于想这样说,当然并不是真的想要说。我停止接话,掠过莉莉的双唇,也许她会想起我所想的事,但我不知道我们之间横亘了什么,是一条河流还是城市中的一幢高楼,唯一可以肯定的是我们曾经有着相似的回望。

二十岁那年的秋天,我们三个前往城市的最北端去看日出,我现在都莫名为何答应早起参加这种事,我以为我一直很理智,但大多数情况人们会因为天气与壮丽的景观而放下很多标准。包括莉莉。开车到山脚已是凌晨五点一刻,他们一路都在车上睡觉,我睡眠不足,看路况十分辛苦,莉莉叔父的老车车灯又暗。为了避免错过日出最佳时间,我们没有到最高的一座山峰,而是选择网络上提供的懒人线路，莉莉说同样拥有很棒的视角。泊好车便快快攀爬阶梯，我们几乎忘了口渴，没有人要停下来喝水，并在六点前到达。我记得到顶那一刻天色已经泛蓝，像浓重的水墨开始褪色带来的那种轻盈质感，渐渐淡化。那时的秋寒感十分凌厉，好像是冬天即将来临而要蕴藏的一种低温，以供严寒降温时的储备。我找好位置坐下，莉莉挨在我身旁，直呼好累。阿尤从包里取出望远镜，没有跟我们说一句话，在我们前面认真坐着，似乎等这一刻等了太久。我看得出他心情非常激动。好像是六点十二分，微微有太阳光色出来之时，我看了下手表。先是一抹昏黄，天空变亮，接着云层开始飘浮成叠嶂，金黄色的像谜一样令人诧异的光冲破天际，在太阳周遭很大范围内，全都在发亮。阿尤对着望远镜连连赞叹。好美啊，我说。莉莉原本头靠在我的肩窝里，她稍微抬起下巴，双眼与我对上了。是啊，好美啊，她说。我曾在梦中问过自己为什么没有跟莉莉在一起，我没有得到答案。她拥有太多优先的条件，也是我最为熟悉的异性，甚至对我来说，她很完美。也许我是没有勇气，或者过了爱意的范围便更要像亲人多一些。我不知道。我只知那一刻太阳很温暖，秋天清晨寒冷的气温好似也不在自己意识之内，我猜是因为莉莉那通透的眼睛。我靠近她，吻了下去，情不自禁。我们都没有回避,也没有触电的那种颤抖,或者狂热,但我坚信我们都有继续吻下去的欲望。作为回应与表达,她伸出了舌头,我轻轻吮吸着,又想起自己是在山顶这种独特浪漫的地方。"真是太好看了,绍文,你要把这一刻画下。"阿尤突然大声说话,我们即刻分开,回到观望日出的状态,装作平静的样子。他没有说什么,我不知他是否看见,我猜他是看见了,但他假装不知的状态放过了我们。

歌声的结束把我拉回来了。我有些恍惚,挺直了身子,看看周遭,舞台歌手换了另一位女生在唱。

"礼拜二我会去高太太家,她邀我晚餐。"我说,试着聊点别的。

"去高太太家对你有什么好处?"

"大概不会有。"

"你是想说,她跟高瑾生分开了,你可以介入?"

"只有我跟她两个人,用介入二字不太好听。别吃了,给我一些。"我抢过花生,老板说这种咸花生是他们那个地方产的,我不以为然,我觉得我在士多店买过,味道类似。

"我敢说你还对她有意思。你该向阿尤学习,认真对待工作,而不是钟情于高太太又继续做个穷画家。"

午后进入我房间

阿尤十分敏感，忙着端酒还听到我们提及他的名字。他问我们在说什么，我说我们去看电影的时间能不能改。

"我的休息日都乱糟糟的，你能不能好好珍惜我的时间？好吧，那我们礼拜三去吧，等阵我跟老板谈谈。最近来长岛的人越来越多了，调酒师总是被人搭讪，其他几个侍应也没有时间到后面去抽烟了。"阿尤说，又给我们倒了一些花生。

"今天有人打电话给我，问我是不是丢失了猫咪。"

"看来还有寻猫启事没被雨水淋湿，上天很照顾你，你有瞒着我们开始信教吗？"

"我羡慕有宗教信仰的人，但自己却不习惯对着冷眼旁观的神灵。唔，对方是个小女孩，她说她看见一只白色的小猫，在她放学回家的路上，接着看见寻猫启事，于是在一旁的公用电话拨通了我的号码。"

"现在有公用电话这回事？"阿尤质疑，仿佛不谙世事。

"有的，投硬币那种，现在已经没有插电话卡了。我不知道，有电话卡吗？"我看着莉莉。

"你自己回家的时候留意一下你的街区。"

"那阿堂找到了吗？"

我吃着花生，嘴里含糊不清："我让她向我描述猫咪的外表,她说是一只很大的白猫,我说我的猫不是很大的,我问她有没有仔细看寻猫启事的照片,以及她看见的猫咪有没有巴士站座椅的一半长度,她说不清楚,可能有,远看就是一只白猫。"

"巴士站的座椅有多长?谁会去记住啊?我猜那不是阿堂,阿堂没有一半的巴士座椅那么长,真不知道你是如何跟它朝夕相处的,什么都记不清。"莉莉说。

阿尤摊开一只手:"小女孩对大与小的概念不一定如你们所想,你应该问她关于猫咪眼睛或短腿之类的特征。"

后来我们都没怎么说话,除了阿堂的事,莉莉叫我不要因为高太太与我重新联络而忧愁。阿尤并没有太忙,只是顾客大多集中在夜晚十点左右,他在我们身后穿梭来去,我常常回头都能看到他的背影,有时会碰上他的视线。莉莉又问我是不是真的要去高太太家,我没有回应,也没再看她,只是呆呆地坐着,希望人生可以不要太过消长而无意义。长岛里的灯饰变得模糊,四周墙壁太黑,冰蓝色调的桌椅看起来毫无人情,好像有人发怒或者醉酒便会忍不住将其打碎,碎了大家都开心。四面吹来的冷气也愈来愈强,我感到肌肤冷冰冰的。

台风好像要走了,电话里除了收到高太太问我更爱鸡翅还是牛肉的话,新闻推送的消息说"森堡"往越南卷去。我没有认真看，但我知道这会是最后一个台风了，温度在这之后要下降，夏天即将要过去。我记得有一年夏天吹过非常强劲的台风，那时候我们很小，十来岁的年纪，阿尤还没分清热带风暴与台风的关系，我的数学考试不及格。那年是我刚刚从小镇到城里度过的第一个暑假，莉莉与阿尤是我仅有的伙伴。拿着莉莉叔父给的照相机，买了一盒柯达胶卷，三个人跑去市中心最高楼的工地去。我们听她的叔父说这里多年后要建成本市最高的大楼，往后一直在秘密筹划要爬上去。台风天没人工作，我们躲开了施工人员的监察，他在雨声中入睡，透过保安室的玻璃我看见他的嘴巴微微张开，睡相不雅。我们沿着楼梯跑到最顶层疯狂拍照（实际上竣工后它要比我们去的时候高许多），在雨中做出奇奇怪怪的动作，每一次我大声说话，他们都听不见。除了我，他们似乎都没有对狂风暴雨感到惊恐。我不知我在害怕什么，忧虑什么，如果一早认定生活是没有意义的，那我为什么还要忧愁。

包括现在。

后来它确实成为了本市最高的大楼，但也仅仅保持过几年，往后日新月异的变迁里，金融区一带更是雨后春笋，大把精致而庄严的写字楼高高耸起。也在那时，我开始专注于画画，当然天赋与后天努力这些东西要另当别论,但我知道没有任何工作会是真正充满热情的,与其勉强走进冷漠的写字楼里问候"你好"与"今天吃什么",不如尝试用画笔将生活的常态画下。阿尤说过赞同我这样的想法,只有莉莉直戳,说我害怕面对生活。

礼拜二当天下午我到了别墅,一个人在的士上紧张,我提早下车,下了车却不知刚才要紧张什么。我在林荫道上慢慢走过,两边的大树非常茂盛,树荫覆盖了大部分的路面,空气非常好。好几栋别墅散落在不同的方向,没有人,听不见喧哗,偶尔远处有汽车驶过的声音。途经稀疏的植被之间,能看见别墅后面的那个湖泊。我不记得它以前有没有名字,刚才进入别墅区时有指示牌写着北安湖。别墅大门的颜色不如从前那样光泽,大概日晒雨淋也难以维持,门前的树木好像高了,又好像没变。时隔多年,再次回到这与自己不相干的地方,陌生感还是很重。这样一想,心里又焦虑了。

"绍文!"我被高太太吓了一跳,她在别墅的二楼阳台,"快点进来。"

唔。我轻轻应着,她听不见,我自己也听不见。

院落同以往相似,盆栽的摆设基本没动过,但少了些,也许是死了。"森堡"带来过雨水,石子路外的泥土有些润，我小心翼翼避免踩脏。走进房子，一条狗迎面扑来，我没站住脚往后退了两步，它才从我身上下来，尾巴使劲摇晃。高太太也从二楼下来。

"你的狗很有礼貌。"我说。

她笑了："Richard，到那边去。"

"Richard。"我重复了一遍，它听见自己的名字立时又回头看，想要过来。

"以前没有Richard。"

"高瑾生走了之后我才养的，一个人，房子太大。"

"我有过一只猫。"

"有过？你说有过。"

"是的，它叫阿堂，不过它走了，一只白色的短腿猫。"

"阿堂，唔，也许能跟Richard成为搭档。Richard喜欢吃玉米，事实上它什么都吃，我是这个意思。但它不能很好地辨别语言，只对一些简短的词汇有反应。我刚刚上去收一些干辣椒，你能吃辣吗？"

"都可以。"

"你先坐一阵，洗手间跟茶水位置什么的你应该还记得吧。"

我点点头，她旋身进了厨房。"Richard，"我说，"玉米，Richard，玉米。"Richard没有很高兴，只是在离我坐下的不远处躺着，耳朵时有跳动。

客厅还挂着我的画，高瑾生没有带走，也许他根本没那么喜欢，又或者取下来带走有些麻烦。我到厨房问高太太是否方便去看看我之前留下的画，她在炒菜，连连点头。

房子很大，我推开从前作画的工作室，当时高瑾生专门吩咐过高太太收拾干净，腾出整洁的地方给我，那时候她曾给我沏过红茶并端进来给我，优雅的女主人。现在成了杂物房，从前作画的工具不见有，只有一些空水缸与纸皮盒子，没有用处的折叠椅子，但保持着清洁。我到二楼，通往房间的过道上又有关于湖水系列的画，六幅三个视觉，是我为高太太在湖边慢跑而画的，当然画中并没有人，谁也不知道我真正想要表达什么，包括高太太。二楼厅堂的一整面墙壁被我的一幅《星空》占据大半，我十分惊讶自己曾那么努力并认真完成它，完成一整栋别墅的画使其看起来极具艺术气息。它们使我得到了报酬与一时的名誉，尽管我的生活没有得到任何变化。我到阳台，站在先前高太太取辣椒的地方，感到心里有些沉重，并不是有什么特别难过，也难以说好似曾经历过什么非常令人震惊的事，但不管怎样，我知道任何人都不会彻底理解他人的忧愁究竟对他本人意味着什么。

高太太在楼下喊我，此时天色已暗，台风过境后空气良好，十月多少号，我都想不起来了，只知像站在潮湿的密林中，有人在朦胧中找寻我，但我不知那是谁。我下楼，高太太在一楼看着我，就那样站着，脸上因下厨而泛起了红晕。Richard 走近看了我们两眼，随后又跑到客厅去。那一刻我不知该如何正常下楼，好像我从来没有这样观看过高太太，同样我不认为她也曾这样看过我。倏忽间，仿佛她是在密林中看着我的那个人，而不是我的猫。我不知道她心里想什么，如果她知悉多年前我在湖边偷偷看她跑步的那种心情，又明白我在商业中心对她表白的认真，那么她应该掌握了一些先知。我悔恨自己总是流露太多，危险的事情实则不能太过轻易诚实面对，脉络被把清了就显现自己的病症与弱点了。

"有一段时间我是抑郁的。"

"因为高瑾生？"

高太太点点头，嘴里细细地吃着随便什么菜，感觉她对自己烹饪的东西吃过太多而索然无味。

"做得还好？"

我点点头，她勉强笑出声来。

"并不是说看见爱情绝望的样子,而是担心自己能不能生活下去。"

"你有这种担心是正确的,在我看来抑郁大多是因为预感到没有能力构建未来。"

"那你会吗?"

"我不认为自己抑郁,但我承认时常担心生活,当然大部分是基于经济问题。我不像阿尤那样,我通常比较讨厌外物,讨厌世界吧,应该这样说。"

"除了没有能力,也许还有一种抑郁叫经历惨痛。阿尤是谁?"

"长岛酒吧的侍应,我仅有的朋友。"

"想起来了,还有一个莉莉。"

"我猜你不是真的抑郁,或许只是生活没有感到快乐,你可以多看看太阳。"

"我那时候连看太阳都觉得自己凄凉,像你所说的讨厌世界。"

我没有尝出来高太太的厨艺是好还是欠佳,但我确实肚饿而吃了不少,我也不认为她真正明白我所说的讨厌世界,她不完全懂一个靠画画为生的人过着怎样的生活。我想起莉莉说过他们两个都是那样世俗的人,富商娶了年轻少妇,但关键在于他们是否真心。

午后进入我房间

"抑郁的人容易自杀,也许我不是真的抑郁。"她又说。

"很多人都容易自杀,古罗马的哲学家都在自杀。"

她定眼看着我,好像悟出了什么道理一样,又或是对我这句话质疑。

"你有过自杀的念头吗?"

我认真回想了一下:"是有过,但原因并不足以要自杀。"

"是什么?"

"我小学还没住在城里时,暂在寄宿学校念书,有一次鞋子坏了,打电话让父亲给我买一双新的,结果他给我带来一双我穿旧了的但没有扔掉的鞋子。我一个人站在二楼的通道尽头,有一刹那想过这件事。但看着外面操场,有人在踢球,世界好像还是充满欢乐的样子,而且我也在想二楼不足以致命,最后放弃了。"

"你还小。"

"是的,我只是不开心,为没有新鞋子穿而偏激。后来我父亲给我说,当你还在为旧鞋子烦恼的时候,请想一想那些无辜失去双腿的人。很老土的方式。"

"你父亲是个很感恩的人。"

"所以呀,我只能说,人们讨厌世界——比如我——

那就归作讨厌世界,不必因为讨厌而做什么令人惊讶的事。类似的态度可以对应很多事情。"

高太太给我舀了些汤,问我是不是在安慰她,我说我也不是讲人生道理,只是顺势而为,更没有说教或安慰的意思。她认为我是个有趣的人,我感到她谈话变多了,但难以看出她有没有什么实质性变化。

"我想去北安湖看看。"

"我很久没有连续性跑步了,这几年来,断断续续,想起才会做。"

"至少你应该坚持,早些年你不该因为秋天来了而忽略这个习惯。"

但高太太没有谈及这方面的话,她抬起头看着我,眼里传来的好像在追问我当时为什么偷看她跑步。

"绍文,留下来吧。"她说,"Richard 喜欢你在这里。"

翌日醒来,是 Richard 的尾巴碰到我的小腿,等我揉过眼睛才知是它,整个人缩了一下。Richard 见我醒来,跳到地板上吐出舌头看着我,我也盯着它看了好久,忽然很挂念阿堂,挂念它洁白干净的毛。我还是会为它的离去而感到一些难过的。在清晨是不该难过的,它要影响你的一天,有时以为回忆有多美好,但越是美好心越伤。最终

Richard放弃与我对峙（也许它只是友好等待我同他快乐玩耍），"你洗过澡了吗？"我问，它摇着尾巴跑下楼去。四周很安静，双层的帘子在落地玻璃窗前轻轻飘着。床头壁面也是我的画作，一幅二十四寸的《大桥夜色》，我不明白高瑾生（或高太太）为何将它挂在卧室中，它更适合在楼梯或走廊。夏天好像在一夜之间过去了，现在的温度实在是太宜人，无须冷气与风扇。我似乎睡了很长时间，床也十分柔软，下床时感到无比的放松。我没有穿衣服，很难说昨夜发生关系是不是自己主动，是不是自己愿意，好像就那么自然而然发生了。但这种事情让我不安。心理医生常常告诉人们过去的行为是对未来最好的预测，于是心里同样会忧虑，她是不是也带过哪个男人回来，或更多。

我把帘子拉开，天气有些秋爽的凉意，不时又发现上空闪过的鸟影。Richard喊了两声，没人开门给它，大概没能被允许外出。高太太回到房间时手里托着碟子，有牛奶跟物似面包的早餐，原本我并没有太多反应处理自己事后的状态，我只是发现清晨在别人家中而恍惚。她放下早餐，走过来抚摸我。光洁的身子啊，我被自己面对她的姿态而有了反应。她扶着我的腰跪了下去，我的眼神里一片漆黑。

我们昨夜没有喝酒，餐后在院落里泡了红茶，高太太再次跟我聊了一些关于美术的事情。她还记得我喜爱竹久梦二，于是我们谈论了一位日本男画家的风流韵事，那是迷人才子会有的经历。聊天过程很轻松，好像回到了我替他们画画的那一年，我记得告别他们时那种淡然的印象，高瑾生也非常善于功夫茶的冲泡。离开后我一个人走到湖边观望，从那一秒起，就对高太太慢跑的身影开始感到不舍。那是秋天，我表现得外冷内热。而昨夜除了红茶，她备了马拉糕与荔枝干，但我们都没有吃完。我问有没有烟，她说没有。回屋已经十一点多，留下来的后果必然处处谨慎，生怕留下太坏的印象。高太太没让我一个人睡，她换了睡衣，依靠着门边，问我今夜是否愿意陪她，她一个人受够了长年的孤单。当时我刚刚从浴室出来，头发还未干，她上前拥抱我了，好像我真的有宽敞的胸膛，同时还想起了莉莉提醒我换浴巾的事情。事实上，我还是能感到自己心跳在加速的，我明白以往有多么喜欢她，深刻无疑。现在，即便没能在当下正面肯定自己对她的感觉是否如初，但面对曾经梦寐的人，我还是没有抵挡住。接吻，爱抚，拥抱，做爱的方式甚至有些粗暴。没有人要想到后果，没有人想把感情的意念强加于生理反应中。性爱的效应有时真的很微妙，不得不承认在上一秒还在猜疑对方不太是自己想要的人，也许只是情欲的催化，让自己在性交过程中明显得到某种愉悦与满足，彼此交换唾液，像赛事，在排泄，会大汗淋漓。接着就会发现，自己好像还爱她，也不认为没有理智。然而，在激情后的疲倦与沉思里，感情却又并不是那么千真万确的事情，有些起起落落，虚渺到你误以为自己经历了某场大战，拿下战果的你并没有格外高兴。

后来在早餐中，她提出想要回孩子的念头，问我对此有什么看法，我问她是男孩还是女孩。男孩，她说，声音忽然大了起来。当她这样说话时，我才发现她身上原本带有的民族性特征早已不复存在，美丽的东西都容易被时光消磨，我只能极力让自己记住她端庄的模样。

"当初分开，大家是怎么谈的？"

"是我承认没有能力带大一个孩子，没有分开我就开始怕了。但现在我想要回来，高瑾生从没带孩子回来过，至少今年没有。我还是会挂念孩子的，我怎么可能不呢？"

"如果当初就说好了，现在你要争取，怕是无什么用。或者说双方有没有立字为证，还是法律判决之类？"

她沉默着，好像刚才说过的话雁过留声："我只是说说，也许到了半夜，我又会知道自己并不真正想要孩子跟我生活。即便他不过来，我也可以去找他，只是我不想去。"

我抿抿嘴，心里非常清楚不能参与太多她的家事，但我试图关心问她，高瑾生在哪里，又是因为什么分开。

"也在城里啊，不过是住在他其中一套商品房而已。"

但她没有回答后面的问题。

外面不下雨的话，我想起跟莉莉、阿尤约好一同去影院看一出戏的约定。高太太起身到窗户前替她的花草浇水，问我是否能到一楼把狗粮倒出来给 Richard。"它的小房子旁有两个彩色盘子，红色的那个帮它添些水去。"她详细描述。我下楼，喊了声 Richard，它跟着我过来，看见我手中的狗粮，头一直往上抬。"你不是爱吃玉米吗？"我问。它耳朵竖起来，又要跳上来趴着我。Richard 实在太热情，我习惯了阿堂，它不会整日黏着我。当我回到二楼想要告别时，高太太却解下睡衣，窝在沙发椅上，落地玻璃半遮的窗帘留了一束光下来。

"绍文，画我吧。"我想我不能说不好，尽管我最害怕他人唐突提出要求为他们作一幅画。"高瑾生原来的书房还有一些作画工具，我想你应该可以用上？一位自称印象派的大画家，嗨，不过是商人，离艺术气质差得遥远不知所终。"

书房有画架依靠在一堆叠得十分整齐的书籍边，有些灰尘，还有一些看似非常僵硬的颜料。"没有水粉吗？"我问了一句，高太太回话时声音极小，她说她不是很清楚。我踌躇着，双手拿起能用的工具回到房去。

"没有找到合适的,原本的水彩也好像脱胶了。唔,你知道我擅长什么,所以如果只是铅笔的话,效果可能不是特别好。"我在一旁削着铅笔。

"我以为你要画出竹久梦二式的美人。"

"并不擅长那么美的意境啊……"

"我随便说的,你画什么,我不介意。"

高太太将盘起的头发松下来,用手抓蓬松,摆好了自认为好看或舒适的姿态。我将画纸压好在画板上,调了下画架的高度,虽很久没有试过用铅笔描摹人体,却也没想其他什么便开始下笔了。也许我能在她身上捕捉非同寻常的东西,逃离素描的陈规,但我好似心不在焉,身材比例对了好几次都感觉不对。在高太太面前,有时我会发现自己像个卖甜食的人,她要多少甜糖,我会认真给她磨,没有高兴或难过可言。爱情能够让人稍微放下自尊是其本身对恋人们最大的震慑,但如果卑微到不能正统自己的情感,想必会失去原本的意义与价值。我始终还没认为自己真的有过去那么爱高太太,特别是在重逢以后。或许还需要一些时间,认真考虑罢,但谁知道呢?生活本来就是一无所知的,更何况我们在谈论爱情。

她神色些漫不经心,眼帘没有完全撑起来,但仍传递出一记醒目的讯号。她的身子看起来营养均衡,也不必多去喟叹她的秉性与女人心思间特有的千回百转。当画及她的私处时，我有些犹疑，并不是对体毛的处理感到担心，只是自己的私心不习惯私处毛发太过旺盛的女性。包括男性。相比之下，莉莉的干净是我所欣赏的。我不曾认为体毛必定会影响什么，但它们所遮蔽的这种障碍对我来说只会降低性欲，而我昨夜竟然主动把灯关上。

我跟莉莉从来没有把那时候如此亲密的行为当作一种忌讳，年轻气盛的少年们，对燃烧的身体保持更多的是好奇与触摸。然而现在当我回想起来却感到无比尴尬。我问过莉莉为何要将体毛剃掉（是在一次海岛出游时，我们两人躺在一张床上的对谈，阿尤还在睡梦中），她说过是前男友的要求，那个男人不太喜欢蜷曲与黑色物质的冲击，于是便保存了这种习惯。这种癖好的要求起初对我只是一点容易想起来的记忆，偏偏，在我身上又得到了延续。往后不论我交往对象如何，我总会在关系稳固后提出这方面的询问。是的，剃掉。但我也会尊重，如果对方不乐意的话。

"应该快好了？我猜。"高太太说。

我重新集中到画纸上，大致已完成，只是她私处的体毛与阴影还在犹疑当中，最后我选择没有画上去，只适当处理好窗帘打下来的光与影。

"好像感觉少了什么,但我说不上来。"当高太太期待着自己第一次的裸露画像时,认真盯着,眉目紧蹙。

"还可以?"

她点头,说很喜欢,但感觉还是少了点什么。我忍不住笑了。

"你今天第一次笑啊。"她说,一只手搭上我的肩膀,并伸出手指触碰我颈后的肌肤。

"你有考虑过把体毛剃掉吗?"

她仿佛猝不及防,看看我,又看看画,恍然大悟:"原来是这里。"

"如果你觉得不好,那我可以现在加上去。"

"不。"她阻止我的手,"其实我都想过这个问题,我意思是,大部分女人都会。"

我疑惑着。

"我以前有个女性朋友也不喜欢体毛,做了激光,学医的经验告诉我,我不想用这种方式。"

"明白。"

"所以我大概这辈子是不会做激光的,只能剃。但不是说想不想剃,而是不知道男人们的观点,也不知道自己要成为一个什么样的女人,以后会不会有剃毛的想法不在当下的顾及。高瑾生从来没有说过这方面的事情,也说不定某天我遇到一个有趣的男人,他认为不该改变身体自身生长的东西呢?"

我饶有兴趣地看着她,觉得这一番话很有意思,并且不是毫无头绪的。但她接下来的行为,却令我非常诧异。她说,既然提到了,那也未尝不可,剃剃试试。

"别。"我说,赶紧阻止这种因个人喜好而带来的影响。但她坚持,并走到浴室拿起剃刀,出来时已打出了一堆洁白的泡沫,回到方才的沙发椅上,坚毅起来的眼神变得十分澄明,不过才停留了三两秒,便开始轻轻刮下一刀。实在令我瞠目结舌,好像体毛的存在对她来说置身事外,无关要紧。

我想起莉莉在海岛对我的暴露无遗,我好奇而亲密地将头枕在她柔软的肚子上。我为自己与女人的结识感到悲伤,好似自己生来凉冷,不懂感恩与怜爱女性。面对高太太的行为,现在我却控制不住酸了鼻子,好像回到了什么地方,有海,有岛,有舒适的酒店与温软的身体。难过的情绪随着回忆拾级而上。

三

因画画的事情跟莉莉与阿尤失约了,阿尤在电话中责怪我。过了几天,我到长岛酒吧时,阿尤不忘再次强调:"你要知道我大多数晚上都不会有休息时间,而且还是为你调的。"

"好了好了,换作是你重新遇见初恋对象或暗恋过的人,你也会忘了大多数约会。"

莉莉替我说话,但也带讽刺的语气。她伸过手来替我梳拢头发,说我的刘海长了。我习惯如平常一样将手放在她的大腿上,长期以来我们之间的行为都很亲密,现在我却有一些不太踏实的感觉。

"我只是想我们三个人一起,两个人总像缺少了什么,不得不说我们是在想你。"阿尤说,"你们喝什么?别整麻烦的,我够累了。"

连续几天都没休息好,我缩回手,整个人躺在莉莉大腿上。"我也累,"我说,"我不要酒,喝酒对我没什么好处,给我一杯椰子汁。"

"我要一杯招牌。"莉莉说。

"招牌?长岛冰茶?噢,大概你不点我都忘了这是我们的招牌。对了,我猜老板对莉莉有意思,当然他没有说出来,但他私下问过一些关于你的事情。"

"你怎么说?"

"挺好的,我一般不会谈些令人讨厌的坏习惯。"

"那你去跟他说,你很累,继续工作会打碎杯子,我们要聊至少一个小时。"莉莉如是打发了这个话题。

从我仰卧的角度看他们两人说话时下巴在动,忽然很亲切,这感觉对我来说熟悉又安稳。阿尤眼眸清澈,灯下更是有流光熠熠。秀发披拂的莉莉依旧那么果敢而漂亮,这感觉跟那一次看日出的时候有些相似。我把一只手握成一个圈,摆在眼前注视着她,好像真的能看到她心里面去似的。她学我,伸出两只手比作望远镜。"我看见太平洋了,加布里埃尔号要来接你了,你的海军服怎么不穿上?"她笑了。

"你的椰子汁,你的长岛冰茶。"阿尤过来的时候,侍应的工作让他保持了严谨念一遍酒水名字的习惯,莉莉将我扶起来。

"年纪也不小了,在酒吧喝椰子汁有些显出你的天真,绍文,你最近怎么了?"

"他跟高太太发生了点事情,我猜。"

"是的。"

"你不喝点酒确定能说真话吗?"

"这是我没有预料到的事态发展,我不知道问题会以怎样的方式来临,我深信那时候的生活我们很合拍,至今我都没忘记她在湖边跑步的样子。虽然我们不曾真正拥有过彼此,但我能心平气和去看待两个人之间的关系。现在我知道这种日子不会再有了。"

阿尤凑过来抱着我,低声说:"没关系,我们还是你的朋友,你还有我们。"那感觉好像是一个羞怯的人过来说"我喜欢你",当然我相信他们永远是我的朋友,我从来不质疑这一点,尽管阿尤的脸在说完这句话红了脸。莉莉的手指划过冰蓝的桌子,发出细微的刺耳声,随即被歌声覆盖过。她没有说什么,另一只手捏着吸管搅拌冰块。

"这位小歌手要走了。"阿尤说。

"走去哪?"

"不知道,老板说她今夜是最后一次登台。"

"她看起来像大学生,或更小。"

莉莉撑起下巴说:"年轻真好。"

"我认为老板跟她有过关系,不然她不会无端端离开,肯定是关系闹僵了。有空就来的兼职有什么不好。"

我跟莉莉相互看了一眼。

"阿尤,你怎么这样?"

"这种想法不是很贴切吗?"

姑娘在准备下一首歌之前走到吧台后面,取过自己的水樽大口大口喝水。她走路的步态不太寻常,感觉大腿乏力。而我们同时注意到了这一点。

"我有一次在地铁碰到一个爱尔兰人,她抱着孩子走进车厢,走路也是奇奇怪怪,一直认真看着车厢内闪烁的指示灯,生怕错过站。"我说,"好吧,我猜是爱尔兰人,这不是重点。那时我想起杂志上读过的关于生育的故事,以前在爱尔兰有个孕妇,在产下孩子之后走路步态蹒跚,你们猜为什么?是在她分娩时,因为不能顺利生产,过程中被弄断了性器官周围的骨骼。"

阿尤与莉莉同时惊叹。

"太可怕了,好残忍的代价,我忍不住要将这位姑娘与分娩联系起来。"

"那是爱尔兰更古老的时候流传的,当然不是现在,医术如此先进还能影响骨骼的话,谁还要生孩子。"

"会影响性生活吧?"阿尤问,"至少在性交过程中只能……更柔和进行?"

"或者只适合某种安全的体位。"

"我以前有过一个男朋友,大维,你们记得吗?"莉莉接着说。

我说我记得。阿尤摇摇头,莫名其妙:"你有过什么大维啊?怎么我都置身事外?"

我没有太多印象,但我知道大维是要求她剃毛的那个男人。

"算了，反正就是一个叫大维的男人，他的肩膀受过伤，在锁骨的位置镶了一块钢板。"

"什么意思，骨折吗？"

"类似吧，小心翼翼的那种，日常搬搬抬抬，或者亲热时的动作，都会顾及。好累啊，我常常担心伤害到他的肩膀。他说一年之后就可以拆出来，不过之后我们都分开了。"

"怎么可以把钢板植入人体？不会跟体内各种组织发生反应吗？"阿尤惊讶道，仿佛接受这种事情要令他崩溃。

"帮助骨骼恢复的一种方法，况且植入体内的东西大有的是，你又何必为此多疑。"

"现在我更加认为老板跟小歌手的第一次有关，影响了她的步态。"阿尤看着那位姑娘。

莉莉同我都忍不住要笑起来，我说："别再把这么可爱的姑娘谈成浪荡不羁了，再说下去都对不上她是个唱民谣的了。"

"老板会喜欢这种人吗？我是说，年纪轻轻的。"

"老板喜欢莉莉啊。"

莉莉撇过嘴，摇摇头。

"阿尤，你说他问了莉莉的事情。"

也许我并不仅是好奇，更是有点想知道老板在意了莉莉什么。

"是的。"

"比如?"

"年纪,是否单身,从哪里来,在干什么。"

"就这样?"莉莉似乎有些失望。

我拽过她的肩膀:"你还想别人问你什么?"

"对一个人感兴趣,至少多问一些听起来更具关注性的问题吧。"

阿尤收了收肩膀,好像忽然感到忧伤,他没有再聊些什么,只是凭他的直觉告诉我们,老板对莉莉确实有不一样的看法,很暧昧,他坚信老板会在未来某一天对莉莉示好。忧伤是容易传染的,我想我们三个此刻都有些低落。人长大了也总会控制情绪,遮遮掩掩,怕被人问及"你怎么啦"的无谓关怀。面对忧伤,我心里时有浅浅的池水在荡漾,好像有某个方向的风吹过来,与我不期而至。如果莉莉同我拥有一样的感觉,那么此刻我懂,我懂她在我与高太太一起的时候,她会有怎样的想法,在下一次于长岛看见我的到来时,用怎样的眼神与手势重新迎接我。朋友的定义有时好模糊,暧昧更是容易让人失去界线。但在下一秒,当我再凝视莉莉的时候,她已经重新回望唱歌的那位姑娘了,阿尤也回到工作中去。说不定,莉莉根本没有在乎过什么。我低头看着白白的椰子汁，一口都没喝。调酒师不小心摔破了一只空的玻璃樽，没有人注意到，阿尤帮他打扫干净，他又找来新的继续甩。有人来的时候，他利索地调几杯鸡尾酒，双手灵巧地将一颗樱桃轻轻扔进去。酒吧里的来客面面相觑，依靠音乐与酒水微微晃荡身子，指间夹着香烟。若是失去这些迷人的灯光，他们会是怎样的苍白。当然，我们每个人都一样。

"我曾经看过一出类似的电影，具体情节不太能整理，大概是一个叫Scott的男孩骑着摩托车陪Mike回家，路太长了，他们在孤独的公路停下，夜宿郊外，Mike知道自己心里无法挑战这个世界的道德标准，但他还是向Scott表白了。他不是轻易说出这些话，他说——我希望你成为我的朋友，最好的朋友，当然，你是我的朋友，我的意思是，我希望自己对你更有意义，我想吻你，晚安——大概是这样，我努力组织这个顺序。"

从长岛回来，莉莉这样说。他们今夜都要到我家夜宵，但阿尤要晚一些才能结束工作，我们先走了。她谈起与阿尤看的电影，我差点以为她要交出自己的心，那段话如流动的水，不可复收，但她也像是真的纯粹聊起了电影的事情。

"等我想起片名再告诉你吧，Mike要比我说得更孤独一些，那时候我都想要哭了。"

"我才不相信你会哭。阿尤没有谈过电影的任何事情，只是责怪我。"

"也许他对你的态度永远无法像我那样，有时候我分不清是男人的自尊太不可信，还是吐露些什么会太过冒险。"

"我听不懂你说什么。"我沉默着，以为我会找到答案，但没有。

莉莉也没将话题继续下去，将购物袋中的东西一一放进相应的地方。

"我帮你买了一条新的浴巾，你看。"莉莉抽出一条蓝色的浴巾，随手丢在一旁，"还买了冰冻饺子，西洋菜，待会儿可以滚汤，或者煮面，我猜你不会嫌弃。好吧，西洋菜对阿尤来说最心水了，我们总要对他好一点。接着有一瓶辣椒酱，鸡蛋，还有什么我看看……噢，鸡蛋碎了一只。"

莉莉对我很好，事实上我们三人之间的相处方式都应该算得上一种良性，除去我私下对莉莉的猜想。我们不说话的时候，屋里屋外悄然无声，我忽然有些力量集中了起来。

"给我递来抹布。"

"重新要一只新的猫咪怎么样？"

"你为什么喜欢阿堂？我意思是你为什么喜欢猫。"

我给她拿了抹布，换了一身宽松的衣服便躺下看电视："动物世界现在不重播吗？"

"我不知道，我们在聊阿堂。"

"也许是因为小时候见过别人杀害一只猫。"

"为什么杀害？"

"那时候的邻居发现家里来了一只野猫，换作我的话我会养着它，但他们说外来的猫不好，也不肯给我。老妇人用尖锐的棍子戳中那只猫，但猫没有死，她抬起棍子把它固定在墙上，对她的小儿子说，快，拿点什么拍死它。"

"就那样死了吗？有些残忍。"

莉莉坐在地板上，头枕着我的腹部。我感到有些难过，我们都有些难过。

"你在画什么？"她指着我画室的地方，画纸上才刚刚有线条成型。

"长岛酒吧。"

"嗨，到头来还是把长岛画进去了，而不是一只贝壳或者动物。"

"今天酒吧里那位女孩也跟我谈起了动物，她也养过猫，现在她养狗，还有一只兔子，一缸金鱼。"

"她是怎样引起你的注意的?"

"一开始并没有太注意,她长得有些奇怪,但她走到我旁边点了一杯东西,她没有说要葡萄酒还是别的什么,而是声称葡萄酒跟苏打水七三开,很有意思。"

"这也能叫有意思,你们男人有时候总是不知道如何分辨女生的话。"

"怎么说?"

"我的猜测是——七三开的葡萄酒跟苏打水,她在暗示你,她是个有意思的人。七分葡萄酒是香醇,是本性,三分苏打水是调剂,是对外选择性的变动。"

我表示无法理解这种千回百转的心机,甚至无法理解女人所表达的意思,只是纯粹因为她的靠近与点酒的方式特殊而多留意了几眼。莉莉离开我走到厨房,提前将面饼浸泡好。

"那你怎么没有跟她走?"

"你们说要到我家啊,否则我有可能会去。"

"真不知道高太太的出现对你意味着什么,你很不安分。有时候你必须对别人要有信仰。"

"就因为她聊了某种动物?还是你分析了七三比例?"

我苦笑着,莉莉没说什么,她要洗澡去,就那样走进我的卧室脱掉衣服,只穿着内衣裤,手里挽着浴巾。她问我她的卸妆油在哪里。声调平静得如同我们一直同居一般，随口问的都是生活常态，没有任何隔阂与小心翼翼，堪比亲人，或爱人吧，我想，但心头又有些失落的声音。

"不要把我逼到一个角落，对她来说，我只是一个过客，留在长岛存在了一两个小时的印象。"

"你总是这样，任何事情都没有办法热情起来。"

莉莉扫了我一眼，边走边解下内衣，走进浴室。这种对话不是我所预料的。看起来我们之间像成熟理智的人，但随着她口气的变化，我无法接驳下去。我努力回忆着她的样子，翕动的双眸似玻璃珠子，双唇轻薄，不畏暖寒。可是这些能随时想起的外貌特征，不过是我心中深浓的记忆，仅此而已。面对她责怪我而骤然的生冷，我仿佛看到我们之间潜在的危险。

我从沙发上下来，往浴室走去，莉莉没有关门，只是拉上浴帘，水声哗啦啦地淋下。

"我不明白你的意思。"

她没有马上回应，等到头从花洒中抽离，才说道："这么多年了，难道你有对什么事情热衷过吗？"

"我指间的颜料足以证明我有在认真对待自己的工作。"

"天黑了这么久，都这个时候了。"

"如果你是说高太太，那我认为在这个时候没什么好说的。也许在长岛里我们三个之间已经对这个话题简单聊过，我说在湖边的那些日子不会再回来，包括感觉。"我没有办法将自己对莉莉的想法说出来，但显然，对高太太的感觉要十分精确告诉她也是十分困难。

"你说过你爱她，但现在却不爱了？"

"这不是一种很随性的感觉吗？"

"随性，你说随性。"莉莉探出脑袋，湿了水的头发缕缕交织，"你以前对她那么深爱，爱到很长一段时间里不能感到生活的快乐，那是怎么样的感觉？我看你就是胡扯。"

"噢，莉莉，我以为你是一个多么通情达理的人。"

"就因为太过通情达理，我现在终于知道你才不关心女人真正在想些什么。"

莉莉用力把浴帘拉开，挂钩与杆子之间发出迅疾刺耳的声音。她就那样裸体对着我，而我也没有因为这种唐突感到不适。但我分明看见她脸上的沉湎与渐渐的深陷。又或许只是我眼神里的深陷。但不管如何，朝朝夕夕，我以为我们之间只要没有严重的过错，永远不至于把爱情拿出来争吵、对峙。

"我根本不知道你会对这件事表明什么立场，你只字不提。重遇高太太以后,你看待我跟她之间也不过是天高云淡如同一件随便什么不重要的事。"

"是啊,那是因为我心中累积到风卷残云了。"

我没反驳,她眼睛因流水不时进入而眨眼。我们的对话完全平静,像闲聊的语气,如此争吵让彼此看起来都很滑稽。接下来很长一段时间我们没有说话,她关掉花洒,用浴巾裹住自己,两只手摊开着走往客厅,好像正在接受一个不可理喻的实事。

"你到底要说什么?"我跟着出去。

"绍文,我从来没有对你给过任何承诺,是因为我不知道我们之间在发生过那么多亲密无比好似爱人之间的事情之后为何又没有像爱人那般应有的发展,我不敢迈一步。一开始我们在毕业的时候接吻,接着我们在高高的山上看日出接吻,再到海岛,我们为彼此暴露身体抚摸过性器官而没有一点点的羞耻心。

"为什么你就想不到呢?这世界上再也没有像我这样了解你的女人,再也没有好到能在你面前暴露一切的女人了。我以为你当初离开了高太太会好一些,在遥远的地方躲在帐篷里的那个晚上,我还确信自己能再次确认你的爱。现在你们又走在一起了,你声称你不那么爱她,也从来没有对我说过你爱我。但我现在清楚了。"

"莉莉。"我知道自己声音非常无力,但我喊不出什么话来。此刻我终于知道自己,知道莉莉,知道她对我的感觉,虽不十分准,也有几分了。但这些年为什么我就想不到勇敢一些呢?

莉莉解下浴巾,把衣服一件件穿上,又因急躁而手忙脚乱。接着她头也不回提着鞋子就开门要离开,我试图上前抓住她。

"我当然非常希望我们能继续是很好的朋友,但不是现在。我不需要大慈大悲,但说真的,现在回想起来,你连从前给过我的吻都像是施舍。"她说着挣脱我的手离开了,我听见她启动车子的声音。

后来我一个人不知在屋里站了多久,三分钟,五分钟。直到阿尤回来,说着一堆关于长岛酒吧里醉酒顾客的事情。我重新躺在沙发上,感觉自己正在渐渐失去体温。

"面都泡软啦,莉莉出去买什么了吗?"

阿尤说,在厨房里摆动着厨具,铿铿吭吭。

四

清晨已经不热了,是初秋的缘故,秋天的风昨夜已经吹起。北安湖看起来水质充盈,寂静悠然,湖脉青芜。湖水东面种满了常绿乔木,这种每年都要长出新叶子的植物,四季常青,即使它们现在开始掉落一些叶片,很快又能恢复生机勃勃。南方,不论气候还是环境都非常宜人,亚热带季风气候啊,我父亲说过它的好。高太太问我在想什么,我说北安湖很漂亮。

"即使它是人工湖泊,在城市的郊区显然能成为后花园呢。"

"有工作的时候,我喜欢到这里,没工作以后,我想回到市区里。结婚以前我也期望自己拥有一套别墅,但真正拥有以后也并没有感到快乐。嫁给高瑾生那一年,我还是个实习医生,我从没做过主刀,也没有这个机会。不过如果他们让我试着操作一次小手术,我想我仍然不会轻易答应。"

"我想你更合适往护工方面发展?"

"是啊,后来我申请调去住院部,很没出息吧?家里人都这样说我。我常常照顾术后的病人,很心疼他们承受的痛苦,我深知冰冷器械的切割与麻药带给病人的恐慌,以及在众多医生眼皮下张开四肢的感觉,像一只被研究的外来生物。"

"我还小的时候,我爷爷做过一次心脏搭桥术,我不太懂,但是过了三年还是两年,他还是去世了。"

"唔，命不可改。"

"你相信命？"

"没有，只是从前高瑾生在家中摆了观音，初一十五上支香，我延续了习惯。"

我回想她家中的摆设，几乎忘却观音所在的地方，太过突兀了，我想，跟我的画画难以协调，没有在脑海里有过记忆。我想起莉莉问过我同样的问题。

"起初我常常呕吐，在照料病人以后，你很少听过从医人员会吐吧？并且不是在手术室的人，我也觉得自己太惨败。学医的时候我并不会这样，学校第一次安排进尸房我还是靠最近的那个，不知道为什么懦弱了。后来高瑾生做了个小手术，安排在我负责的床号。他很幽默，虽然肚腩已经开始有微微隆起的征兆，但头脑似乎装了很多生意经与特殊的爱好。"

"你很了不起，我是说，学医这个选择，当然你们都很了不起，我老师说高瑾生是很棒的商人。"

"你老师认识他？"

"啊，我还以为高瑾生跟你提过，那正是我替他画画的缘故，也是认识你的唯一一个机会，我想。"

高太太一直将两只手前后甩起来热身，对我笑笑，为我们之间过去的一些关联感到惊讶。某些时刻，她好像又能拾回丢失的东西。

"跑吧。"

我没说话,也几乎没热身,跟着她慢慢沿着湖边跑了起来。太阳从远方穿越过枝枝权权,映在湖面有模糊而零碎的光。跑起步来风更凉些,吹在脸蛋能感到毛孔紧闭。湖泊很大,跑一圈其实不容易,在第二圈时我慢下了脚步,高太太回头问我怎么了,我让她继续跑,不用等我。慢慢距离越来越远,我渐渐停下脚步。

好几年前,我曾躲在湖边的草丛中,偷偷遥望跑步的她,那时的我已经为自己对她的情感危险得到过预示。是什么,在冗长潮湿的岁月中,将渐渐隔阂掉的危险脱离了事情的本质属义,以至于让我预知高太太的离异对我是个暗示。没有直接暗示什么,也并不表示能重新回到那个让我对她痴情痴迷的年纪。我确实曾幻想有一天她能跟高瑾生发生点什么而分开,对我投怀送抱。但这些关于爱的白日梦不过是无瑕的冥想,在当时迷恋中的自我实现。若如当下问我是否真的不再爱她,那种否定的思想实则又不太能概括。甚至莉莉那天晚上的话让我到现在仍然感到迷离,近在咫尺而无法触及。我知道爱情有时候是疾病,在她们身上始终不会得到相似的药方。

昨天晚上，我开始为《长岛酒吧》调色，打算同往常一样晚一点再过去长岛。我一开始传过信息给阿尤，问他莉莉在不在，他说她早已在长岛。于是我在家中又犹疑了。原来那幅关于森林与阿堂的画一直没有画好，但干涸的精液形成了某种渍化的像是调了颜色的苍白云雾，缭绕在树林与阿堂身上。我一把将画纸撕下，抓成团扔掉了。阿堂是不会回来了，也许它被某个人家收养了，这是我对阿堂未来走向最期望的祝愿。楼下的寻猫启事早已被其他广告帖所覆盖，暴露在外的经日晒雨淋也没有留下什么清晰的痕迹，包括大门。我猜房东早已找人用铲子清除掉了。

　　在家中随意嚼食一番饼干后，我步行到地铁站，前往长岛去。长岛没有在十分市中心的地方，但周围还是有明显的建筑标志，交通便利。它独立在一排普通楼房对面而特别显眼，附近的士多店与发廊的灯光要亮很多，但它发出幽幽冷光的低调霓虹灯却十分精致，门边还有青蓝色灯光的 Long Island Pub。我在长岛门前的空地看见莉莉的车，它停在十分边缘的地方。阿尤招呼我的时候说莉莉不知哪去了，说她早就到了，还跟他聊了一阵。

　　"她的车还在这。"我说。

　　阿尤耸耸肩。也许不是礼拜天，长岛也没有很热闹。

午后进入我房间

他在吧台内面小心翼翼擦着杯具。

"你最近同高太太一起还好吗?你很久没有找我们了。"

"我十分想念你们。"

"画画的工作有没有偷懒?恐怕我现在的存款要追上你了。"

"刚刚画好一幅,不好看。我最近常常无法集中精力,诸事不顺。"

阿尤持续低头擦杯子,眼神却看着我。

"老板说想找你画画。"

"我知道,他提过,我在画长岛酒吧。"

"唔。他最近常约莉莉吃饭。"

"是吗?"

也许这才是他想说的,我回答得太过平淡,阿尤责备我好像真的一点也不在意似的。

"难道这不是一件非常重要的事吗?"他追问。

歌手还没上台,吧内放着悠扬的纯音乐。

"如果真的很重要,我想她会告诉我们吧。她跟你说过什么了吗?"

"也不是说过什么,只是老板从我这里了解莉莉的一个大概,多少能知道点。"

我没有接话，心里十分孤寂。那一刻我感到有些东西离我远去，我很怕失去了莉莉。

"其实我以为你跟莉莉能走到一起呢。"阿尤表情有些惋惜，好像同我一样，忽然失去了莉莉，或者什么。

"我们？我们还是好朋友吧。"

"当然，我们三个，当然还是好朋友，好朋友的存在要长久一些。"

阿尤说完这句眼神有些黯淡，那熠熠的光芒在这一刻没有得到闪烁，这种时候我应该知道他有心事。

"你说过你不希望我跟莉莉一起，我记得。那次离开高太太，我同莉莉一起去了遥远的山岩地区参加露营，星空下的我们情绪饱满，后来你为此谈论过我的行为。"

"年少嘛，男女之间也并不是不能保持长久的友谊，只是暧昧得到了延续与放大，那么似乎面临的只有上下两难，难以择其结果。"

我认为他长大了，好像工作稳定以后得到了许多人生道理，他红了脸，低头微笑。

"那么，你呢？"我问。

"我什么？"

"你说男女之间难以保持长久的友谊啊，你又如何认为自己不会对莉莉产生什么？"

午后进入我房间

他放下抹布与杯子，抬起头，认认真真看着我，看了很久，我回以他同样的眼神，但却无法如他那样坚定。那感觉好像在什么时候出现过，只是现在更为消长。

"我以为你一直都懂。"

"懂什么？"

"你看着我的眼睛。"

于是我在那短暂的对望中寻回了他目光的闪烁，我原以为他能真诚告诉我关于莉莉的一切，或者关于他自己长久以来的想法。事实上他是告诉了他的想法，但不是以我简单理解的方式，并令我惊讶。

阿尤的眼眶忽然有了眼泪，在我还没来得及反应时，他双手搂住我，伸过吧台，越过酒水。我知道距离有些远，动作有些艰难，但他却如此用力迫近。或许这样可以抑制他不会再流泪。他用炽烈的双唇吻了我的耳根，并轻轻拉起我的耳垂，好像私欲得到某种不恰当的表现，又有气息低回在我的脖子。我没有推搪与反驳，他的双手慢慢蠕爬到我的双颊，亲吻我，短暂而迅速，仿佛只是有一朵温热的棉花糖与我擦唇而走，留下某些水果的味道。好像发生了什么，又好像什么也没发生。

我们对视了一眼，接着他弯下腰抬起一筐罐装啤酒，背对着我，认真把啤酒一罐一罐放进冰柜里。

"我希望我们仍然是好朋友，好朋友的存在要长久一些。"

他轻轻说着，不再看我，声音却偏偏宛如远雷，响震而没有预测。我看到了阿尤一个人所承载的难过，好比我曾对高太太的难以忘怀，或者对莉莉那种辗转漫长而无法冲破那一层茧的惆怅。但我不知道他这些年来何以隐瞒自己度过这些，特别是当我们之间仅以友谊的名义进行着生命中很长很长的一段青葱岁月。

他保持工作的状态，没有再跟我说一句话。我不知如何面对状况，思想不偏不倚。在他旋身进了厨房时，我慌张着从高脚凳下来，没有吱声，掠过衣履光鲜的人们，逃离了长岛。走出外面，马路上十分安静，没有一辆车，有食肆已打烊，只有士多店亮着二十四小时的醒目字样。我以为就此逃离能得到一些缓解，但莉莉与老板拥抱的身姿，就在长廊的尽头。

我有想过，当然有想过。我曾经许多遍质问自己跟莉莉的关系，在超越朋友间的情谊之后还能不能往下发展，但我们一直都极力控制了这条线。有时候我知道是在重遇高太太以后，走向了一条琢磨不定的路，莉莉在原地或许也曾试图追问过，但情形种种，终究她是拣着另一条路，而我们都不过仅仅在朝着不同方向前进而已。

午后进入我房间

老板双手在莉莉身上开始游移,我知道我不能看下去,不甘的心可能致使自己做出难堪的行为,很有可能我并不是能一直醒醒定定的那种人,不想做什么傻事。越过空旷的停车场,忍不住伸手去摸莉莉的车,我们曾在这辆白色的破旧车中有过无数欢乐的过去。也许我们还能回到从前的样子,但我知道暧昧的我们在那一夜真正浮出了水面,并爆发出爱是杀害的洞穴这种真理。我相信这一定会在日后带来隔阂。但我究竟能做什么?我什么都没有做,也不能做,只是趁着地铁还未到关闭营运时间,沿着来时的方向往回走去。我想我也只能选择逃离莉莉与阿尤,逃离长岛酒吧,至少在当夜。我懂得自己的孤独开始生冷攀爬,我明白当刻那种欲望——一种比任何事情还要浓烈的逃离欲望。

现在,太阳升起来了一些,可是温度没有递增,天时是冷了,再也不能期待回暖的可能。高太太跑得也许累了,两圈过后,她在湖的对岸慢慢走着,身影濯濯。我好像快看不见她了,视线焦糊,就在这偌大的湖泊周边。我知道自己失去了些什么,却不能说出具象的事物。秋风在清晨吹得那么冷,它知道我的思想是悲哀的,我有了秋天的感觉。

枯枝败叶

詹怡说她最近开始戒烟了，因为父亲要确保她身体健康。他称自己已经没有能力去处理太多的事情了，没耐心、没时间、没经济条件，更没有多余的精力。手里的工作常常让他情绪失控，身体紊乱。"我有说过钱的事情吗？还是你觉得抽烟会让你变美？如果你不知道，为什么不可以好好的？"詹怡不知道自己又做错了什么，但事实上，哪怕她什么也不做，在父亲眼里她也是不安分的。当她回到家时，父亲的房门半掩着，人不在。她斟酌着有什么东西是不需要收拾的——似乎没有。父亲只亮着一盏灯，餐盘已经冷了，剩菜与汤水在灯下泛着微光，油脂稍微有点凝结。冬天已经过去，厨房留下的油烟使整个屋子仍弥漫着冬天的味道，詹怡才想起坏掉的抽油烟机至今没有更换。她脱下风衣，戴上手套开始收拾餐桌。男人们已经离开了，桌上还有半瓶酒，詹怡打扫到一半的时候，坐在凳子上将那半瓶喝掉了，那还是她偷偷从潘多拉带回来的。

所有人都觉得詹怡性格不好是因为母亲的离开，偶尔姑姑来探望他们的时候才会说起父亲也有责任。但詹怡没觉得自己有什么问题，她还能好好地收拾这个家，哪怕这些东西随便换一个细心的人都可以完成——只是相对于父亲来说，至少她认为自己可以很好地让家里保持整洁。但最近詹怡变得有些懒惰，或者说花在家务活上的时间更少了，因为她开始关注自己的外表——她喜欢上了一个男人——她发现一个人必须要先好好将自己整理一番，才能引起别人的注意。她甚至花钱买了一些她本身负担不起的衣服，还不止一套，那些钱是她打工攒了好久的积蓄。一开始她把钱放在房间的柜子里，被父亲发现之后，一分不剩。她那会儿才知道父亲原来有偷偷进她房里翻查东西的坏习惯，这很可恶，但她没有揭穿他。后来她就把钱放在厨房的壁柜上，用一个很普通的盛黄油块的小篮子小心翼翼叠好，又在钱上面垫了几张厨房用纸，那些黄油就成为了掩盖。詹怡在潘多拉工作，店内可以喝咖啡、酒、糖水，还有一些现做的小吃。跟小镇上别的地方没什么区别，潘多拉有一些桌球可以供客人使用，还有棋牌什么的。不过店里的音乐很时兴，大概是唯一一种可以不花重金便可紧跟潮流的方式。詹怡是在冬天的时候见到那个男人的。他第一次来潘多拉是因为下雨，南方的冬天大多晴朗，而一旦阴雨连绵也会持续很久。他推开玻璃门时将外套脱了下来，温柔地抖掉上面的雨水，似乎不好意思把雨水带进店里，但又不得不弄掉。詹怡觉得他这样是无法甩掉雨水的，她恰好收拾了一桌的空杯子从他身边经过，问他是否需要将外套挂到吧台的墙上，那里有风机可以提供使用。但他只是笑着摇摇头，说不用了，随后卷好外套找了一个位置坐下。大概是来避雨的，詹怡抓着笔在等待，他则一直盯着菜单无法抉择。当詹怡想要开口说有需要再叫她的时候，他又忽然有了主意——热柠茶会苦吗？他说。

"可以柠檬去皮。"

"你觉得呢？"

詹怡笑笑说："柠檬去皮太丑了，一般不会这么做。我会喝冰的。"

"还是春天呢。"

男人最后还是要了一杯热柠茶，他认为可以多加一份糖，去掉那份苦涩。詹怡不知道他哪里道听途说的方法，但她确实见过有许多人这么做。那天晚上男人一直坐到雨水稍微小一些的时候才离开,他买单的方式是刷信用卡,这在当时很少见。詹怡看不清他在单子上签了什么,有些潦草,只能看出一个"飞"字。

阿飞吗?

"以前念书一直是个高才生,"同事杜鹃说,"在父亲强烈要求他读商科的时候却忽然选择了艺术。你知道他父亲吗?多年前是本地的一个富豪,开厂已经开到印度去了。"

噢,原来是他。詹怡偶然听说过有这么个在印度开工厂的家庭,但未见过。

后来阿飞跟几个朋友也来过几次潘多拉,虽然詹怡跟他说不上认识,但很巧,每次都是她为他服务,直到后来他进来时先看到她的话就会礼貌地笑笑,但他的面容还是很冷酷——詹怡觉得自己大概是从那个时候开始喜欢他的,她不确定,但至少那是一种由新习惯带来的浸染。他带来的朋友们跟他一样,身穿整洁而有质感的衣服,同本地的年轻人不同,他们的头发不会染成看起来枯燥的黄色,肌肤也都要更白一些,有一种旁人所不能接近的崇高与严肃。他们不玩桌游,不打桌球,点上几杯饮品不断地说话,而且声音不会很大,浑身散发着"避免打扰旁人"的良好教养。詹怡留意到其中有一位女孩还带着两本书,有一次詹怡给他们递送茶水的时候扫了一眼,女孩把书交给了阿飞,好像是诗集。

杜鹃擅长从客人的交谈中攫取信息,几乎不错过在潘多拉发生的一切对谈,甚至包括来自镇上的一些动态——这是相当惊人的技能。如果詹怡想知道什么,大概能从杜鹃的口中得知一些讯息——阿飞比她年长五岁,他从海外的艺术学院毕业,在外工作了些年头,最近才回来,有传闻他打算休息一段时间,在未来会去孟买,他父亲为他铺好了路,也有人说他会留在这边的艺术馆工作——具体要干些什么没有人知道。

先是有一种难以平复的情绪,因为一个男人而引起生活中的紊乱,这种感受让詹怡觉得不踏实。后来,阿飞有一段时间没有来光顾潘多拉了,据杜鹃的说法是他那些从事艺术行业的朋友都各自回去了。但对詹怡来说,他就好像不曾离开过,他的模样,他的神色,已经形成了一个透明的轮廓在店里,有时詹怡经过他常坐的那个位置,就会想起他说话时的姿态,指间夹着一支笔,偶尔敲敲桌面。他的头会微微侧向另一边,如果是谈到令人怀疑的话题,他会不自觉地向前倾。无论在白天温暖的阳光下,还是夜里潘多拉独有的亮红光色之中,他的一举一动都显得尤为迷人——她认为这是一种留在心里的甜蜜的自尊,如果有人反驳她的盲从爱慕，她也许会生气。她不想承认自己内心的变化，但是这一切又随着日复一日的困扰而产生某种不可抗的焦虑。好在她的烟瘾没有很大，以前她会到后厨去抽支烟，现在她会站在一旁，听杜鹃跟厨师说点什么。但她不确保戒烟这件事能成。

　　礼拜一，他没有来，她等待着，拖延下班的时间。礼拜二，她修剪了头发，她听信发型师的建议，连父亲都称赞她新的外表。礼拜六休息，她花时间用乳液擦拭身体，用雪花膏抹在脚跟并缠上保鲜膜，尽可能让自己完美。礼拜天——她又白白期待了一整个礼拜，她的渴望吞没了一切。有时在潘多拉看见前来喝下午茶聊天的情侣，她就会有点自我受苦。在那个时候，她深信自己对爱情有了更明确的诠释——就是这种热切的盼望。

　　詹怡只能把那件新买的夹克用来配紧身牛仔裤，她认为牛仔裤至少还有一个好处是能突出她臀部的线条，也许那是她勉强为之骄傲的部位。夹克是深绿色的，在黑夜里几乎无法分辨，她很喜欢这种需要在特定情况下才能发现迹象不同的事物，若如这是她表现出低调的一面，一种不动声色的手段——又或者只是她精心挑选了一件衣服，她需要先给自己找到自信。她心里已经有了某些计谋。

杜鹃说的那些应该都是真的，因为当詹怡从公园旁的小路穿过去的时候，她能从大树间看到那栋气派的楼房。杜鹃没问詹怡想要知道这些干什么，她只是很乐于分享消息。在今天之前，詹怡从大树后面观察过阿飞在清理泳池——大概是为即将到来的夏天做准备，整个泳池铺满了秋冬的落叶。其实他完全可以请人来打理，但他没这么做，也许他不是慵懒的人，而且休假时间充足。詹怡觉得自己好像交了好运，遇到了一个品性良好的男人（说得她好像真的得到了他似的），她从来没觉得自己能看懂一个人，或者至少不能从一个人的行为了解他的品性——父亲总是说他可以，他完全认为自己能一眼看透别人，也许这是他一直失败的缘故。还有一次，詹怡在休息天的时候到这儿，看到那个泳池已经灌满了干净的水。阿飞正坐在藤椅上翻看一本书，身下垫着浴巾，旁边桌上有一瓶果汁还是什么，那池水正在夕阳下发出金黄色的波光。这对她来说，是永远也不会有的生活——她没有真正像他这样休息过，带着羡慕的意识也令她忽然清醒，她知道自己这么做不仅鬼祟，而且有点不顾后果。可是她能怎么样呢？如果她只是想要看看自己越来越喜欢的男人，也谈得上道德的败坏吗？随后，阿飞忽然脱掉了衣服，就在那儿换泳裤——她脸红了一下，她不是没见过男人的性器官，但那一刹是珍贵的，因为没有别的女人能看见，只属于她的一刻。她听到他在水里尖叫，大概是水温太低。他在池水中划水、跳跃，不停地将头发往后梳，在哆嗦了一会儿之后，回到边上，一口气游完一个来回。

现在，当她再次越过公园的时候，天气已经渐渐热了起来，她脱掉深绿色的夹克挽在手臂上，有点责怪南方的天气令她没能好好多穿几次的意思。这天她终于决定要往那儿走了，她的计谋盘算已久，勇气也一点一点增加，直到她认为可以为止。她要走过公园的侧门，穿过大树，横跨一条没什么人出现的小马路。她想要制造出一种未知的邂逅，一场在幻想里应该是浪漫的惊喜。然而她在那栋房子附近徘徊了很久，有时走动，有时站立，阿飞都没有留意到她。已经傍晚了，如果再不做点什么，也许他就会回到屋子里去。等到阿飞从泳池的梯子爬上来时，詹怡不得不趁此抓住机会——嘿——所有的预设都已失败，她得亲自喊他。阿飞朝着声音往她这边走来。

"原来这是你的家啊？"詹怡一只手扯紧了衣服，很担心他接下来的回复。

阿飞有一会儿没说话，花了些时间猜测这是哪一位。

"潘多拉？"

詹怡点点头。

"换掉制服,一下子没能认出来。"

随后两个人都笑笑。詹怡听出了某种赞美——是赞美吗?换上自己的衣服能引起他的关注吗?她不好意思地低下了头,看着他胸膛往下滑落的水珠,流经腹部,收进黑色的泳裤里。他其实很瘦,肋骨稍微有些突出,身体的肤色比面部还要更白一些——她不知道男性应该拥有怎样的身材才是合适她的,但她知道自己仍然保持了一种渴望,有关或无关形体。他们之间隔着一道围栏,栏杆比他们都更要高,靠近大门的位置布满了疯狂生长的爬山虎。也许她已经知道他们之间相隔着的是什么,犹如上帝给你的一种预警,让你知难而退,适可而止,但命运有时候也很狡猾,她希望夹克带给她的信心能够让她更有底气一些。阿飞邀请她进来坐,她犹豫了一会儿,故作矜持的同时也确实有点紧张。

"我这里有一些潘多拉没有的饮品,你应该试试,"阿飞说,"但如果你喝过,也请不要马上揭穿。"

詹怡看了一会儿屋里的布景,大概是长辈们喜欢的摆设,并不如想象中气派,甚至要更普通一些。许多展示柜或多或少摆着酒瓶与艺术品,也包括墙上的画。原本他们要待在屋子里,不一会儿门外响起了喇叭声,是来刷油漆的师傅,他将皮卡车停在泳池旁边,穿着连体工衣,提着一桶油漆和两把刷子，听阿飞说了几处要修补的地方。大概是不方便在师傅面前谈话，阿飞带詹怡到泳池边上去，她穿过客厅的时候，师傅扭头看了她一眼，怪异的眼神里好像有些可读而未知的内容。

"房子太久了，刚回来的时候我就发现有些地方的墙面已经脱落。"

"要将整个屋子刷一遍吗？"

阿飞将一瓶粉色的汽水递给詹怡："只是补一下脱落的部分，其他还有许多问题呢，下水道跟铁门也都可能需要弄一弄。你看这个，叫波子汽水。"

詹怡看着他将盖子拧开，再反过来往下按，一颗透明的弹珠掉在瓶子窄口之间。她学着他打开汽水的方式，也出现了一颗深蓝色的弹珠，喝的时候弹珠在瓶子内发出清脆的碰撞，口感似乎也因此变得更清凉了。

"我第一次见。"

"现在喝还为时过早，夏天还没真正到来，它是我在炎热天气里的救星。"

"但你已经开始游泳了，不是吗？"

阿飞才意识到自己仍然穿着泳裤，他穿上了浴袍，又重新躺下。

"我妈妈晚上才会回来，白天就我一个。"

"跟你相反,我跟爸爸住在一起,我妈很早就离开了。"

"离开指的是?"

"离开我爸。"

"为什么?"

"我爸曾因为一笔巨款而替人做事。"

"方便说说吗?"

詹怡继续喝了几口波子汽水:"他以前有个很关照他的大哥,社会上的某个人,有一次大哥开车撞死了人,其中有一位目击者,大哥害怕目击者去报案,找到我父亲去解决,并有威胁的意思。他说会支付一百万,先给十万,剩下的得等到完事。他希望我父亲能制造一场酒驾——酒驾最多判有期徒刑——把那位目击者撞死。他认定我父亲再过二十年也不会赚到一百万。而且,如果不那么做,就会暗中干掉我。其实他并没有那么爱我,但我那时很小,孩子总是受保护的。"

"我以前听过这件事,我不知道是你的父亲。"阿飞发出了一声惊叹,"他真的那么做了吗?"

"因为这件事,我成了他口中一辈子的累赘。"

"太不可思议了。"

詹怡点点头:"后来也没得到一百万,他就被人抓到了。不过没多久,那位大哥还是花了点钱把我父亲从牢里提前弄出来了，他们有可能不讲金钱上的信用，但也算是讲义气的人。"

"很江湖气息啊，难怪你身上也有一种讲不出的洒脱。"阿飞笑笑，透露出了一点纯真，不太符合他的年纪。

洒脱？他是瞎了吗？他断然是不了解她的，他也不会懂得当家庭经济非常困难的时候人会变成什么样。他永远不会明白。出狱后的这些年父亲已经收敛些了，虽然不再与旧朋友来往，但新朋友也不过是那样，大多没什么出息，一群失败的中年男人对世界抱怨不公。

"对了，你想要下水吗？"

詹怡摇摇头，觉得会太冷。

"更热的时候，你可以来。"

"我住在西郊，小时候会去河里游泳，不过男孩子太多了，他们总会霸占更多的地方。"

"现在还会去吗？"

詹怡想要说还会去，但不知什么原因，让她忽然想到她与他的区别——哪怕是这种不同的运动方式，也许对他来说是运动，是泳池里的诗意，而对她来说则是儿时延续下来的嬉戏，是自然河流的乐趣。况且，她已经向他交代了太多关于自己的事情了。她没说话，只是摇摇头，也不知道他是否留意到。

"我叫卢映飞,你呢?"

"詹怡。"

"我的朋友们都已经离开了,如果你愿意,可以常来找我。"

詹怡没听出他是出于礼貌的询问还是怎样,心里似乎没有预期里的那种感受,这让她有些失落,她也不可能厚着脸皮经常过来。她看到那本诗集,问他是否能借给她看看。

"你也喜欢诗吗?"

詹怡摇摇头:"我看书不多。"她觉得再这么下去只会暴露自己更多的无知,她不想在才刚刚有更多接触的这一天就破坏了所有的可能性,而唯一能展示出来的优越,大概就只剩下她脑海里对异性试探的想法了——她离开藤椅,刻意转过身,弯腰拿起桌面的诗集,起身的时候尽量减慢速度并保持臀部发力,她用余光捕捉到他看着她臀部的眼神——似乎起效了。她内心多了一份喜悦。离开时,他送她到大门口,说了些客套话,同所有招待客人的方式一样。不过他们多了肢体接触,他用一只手搭在她的肩上,轻轻拍了拍。她向他告辞,发现油漆师傅也朝他们这边看着。

在阿飞家里待得有些久,回到家已经天黑了,父亲又说了几句，问她是不是想饿死他之类的。同无数个白天夜晚一样，他们不会再有感情上的交流，无非日常的无声守候，那是他们仅存的最后的一点点东西。有时候詹怡很怕父亲再次做了什么错事，并因此销声匿迹。她不期待他还能干出什么大事，她只是希望他至少能成为她的一个陪伴。

"我看见你了。"礼拜六詹怡去潘多拉的时候，身后忽然有人跟了上来。"我看见你了。"他又说了一遍。

詹怡手里还抓着面包，惊讶地看着他："你说什么？"

"现在的女孩都那么狡猾吗？偷偷躲在大树后面。"

詹怡停下脚步，才想起他是那天在阿飞家里出现的油漆师傅。

"你看见了什么？"

"一些计谋。"

"你疯了吗？请你不要乱说。"

师傅笑笑："我什么也没说，这又不关我的事。"

"那你就不该走过来跟我说话。"

"我知道你在潘多拉上班。"

"欢迎来喝一杯。"

师傅笑笑："这是约我的意思吗？"

詹怡没理他，加快了步伐。师傅跟着一会儿发觉没趣，也不再继续了。这让她想到生活中会发生的变化——很多心里的事情就那样轻易就被人发现，她惊讶于人们在百无聊赖之中的好奇，从猜测之中开始识破你。在这种地方，如果你没出去过读书或者工作，那你就是乡下人，你不懂外面的世界，人们会用一种比较的目光来审视本地青年，不管男人还是女人。男人也许更糟糕一些，会被冠以没有知识的身份，被长辈们批评，说他们学无所成，只能待在这儿干一些粗糙或不起眼的活，他们哪怕重新去接受教育也不会有太多的改善，因为他们的父母同样糟糕。以前詹怡还不曾认为这些话所反映的情况，直到师傅不止一次没礼貌地跟她说话让她觉得他是个没教养的人——后来有一次在潘多拉，他拿着球杆从她背后轻轻地戳她，向她点一杯加冰的奶茶——好像他们之间很熟似的，她知道他想要跟她熟络起来，却又总是使用错误的方法，这种行为与阿飞相比高下立见。不过詹怡不会对他这种人多说什么，她也不太擅长去指出某种情形，她的自我意识很强，她知道自己几斤几两。除非你在本地有着某项出色的技能，那么大家在谈起你的时候会多出天然的敬意。

下班后詹怡迅速换了衣服，来接班的杜鹃问她急匆匆要去哪，她随口说了点什么，自己也不清楚。在事情没成之前，她不想被杜鹃知道自己的行踪，否则整个镇都会知道。时间有点赶，她先是回家把罐头汤倒出来加热，又切了肉丁与番茄，留了字条给父亲。她不知道为什么要这么做，写下歪曲字体的时候连自己也感觉怪异。如果父亲回来发现她不在，会先去厨房看看她是否准备了什么。大概是因为收到阿飞的生日邀请，她预感到自己也许不会回来过夜——或者会很晚才回家，她觉得留下字条会减少意外的发生，比如父亲忽然闯进潘多拉找她（虽然不太可能会发生这种情况）。自从阿飞来潘多拉告诉她的时候，她就一直想着这件事，并多次在家试穿那条新的裙子，提前习惯它。

从家里到阿飞的家不算太近，她走了五分钟之后不得不扬手叫了一辆摩托，跟他讨价还价了一会儿才上的车。迎面吹来的风有些凉，她看着路边的商铺，一帧一帧从她面前闪过，在昏黄的路灯下哪怕建筑平平却也显得格外温馨。也许是她的心境发生了变化，在初夏晴朗的这个夜晚，她还保住了自己那份甜蜜的自尊。

"我没见过你。"

詹怡抵达后，从泳池旁边走过时，一位女士向她走来。

"你好，我是詹怡。"

"参加生日吗？"

午后进入我房间

詹怡点点头。

"你打扮很可爱。里面请吧。"

詹怡猜测那是阿飞的母亲，五官很像。她还以为可爱是女主人对她的赞赏，直到她走进客厅时，才知道自己犯了什么错——可爱在那时候绝对不是什么夸奖。没有人穿得隆重，也没有人穿得随意，她甚至说不上来他们是说好的还是怎样，像是一种在场合上的默契规矩。她在第一时间走入洗手间，借着这会儿，迅速将胸前的一朵大花撕扯掉，结果又不小心把腰间的布料连同撕坏，一道裂缝。"真是蠢死了。"她对着镜子说，后悔花钱买了一件如此过时而没有品位的东西。很快就有人来敲门了，她不得不想办法。"马上好了。"她说着，在看到剪刀的时候，迅速对衣服下手——最后变成了分体式裙子。

她将生日礼物送给阿飞（自制的熔岩蛋糕，花了不少巧克力），阿飞随手就将盒子放在一旁的桌面上，那里还有几份包装精美的礼物。他拉着她坐到人群之中，用一句话介绍她："我的朋友。"之后的谈话内容就跟她无关了。除了有一位男士对她说裙子很性感之外，大家都围着话题不断地发表见解，没有人要主动问她从哪里来。坐了一会儿，在她另一旁的人忽然问她对这件事有什么想法，简直令她手足无措。来的时候她就发现了，门前停了不少车，她心里定然是知道自己不太适合今夜这样的场合，但又不想临阵退缩——她想通过这种接触让自己闯入阿飞的生活里，不是谁都有资格的。有一些熟悉的面孔，詹怡在潘多拉见过他们，也有那位漂亮的带着诗集的女孩，她想起里面的一些诗歌，其中有一首是谈论生命中的孤独、变故以及喧嚣，她似乎忽然从中明白了些什么。为了避免无法参与话题的尴尬，在大家谈话的时候詹怡好几次起身去餐桌上找吃的，当旁人举杯的时候，她也就着手里的波子汽水举起来，她能感受到那种气氛，但无论如何也进不去。也不知道过了多久，她确认自己实在无法忍受这种被冷落的待遇，趁着有人在玩什么提问游戏的时候，走近阿飞，说她得回去了。

"这么快？"

"没事，你们继续。"

"还没到十二点拆礼物的时间呢。"

她根本不知道还会有这个环节，也很清楚她的蛋糕将会是所有礼物当中最惨不忍睹的。

"你过来，我有个礼物送你。"

他拉着她的手，上了二楼卧室，拧开一盏落地灯，转身后就抱起了她。他似乎变了一个模样，那种认真谈话时的姿态不见了，在光影中勾勒出一种贪婪的神色。他在她面前脱掉了衣服,问她是不是处女。她还没想好是否要如实回答,他就将她推到床上,有点强迫的意思。

"等一下。"詹怡说。

但阿飞并没有理会她,而是将她整个人翻转。他趴在她的背部,双手第一时间紧贴她的臀部,开始揉捏,并在她耳边轻轻地说:"你穿得很性感。"他的处世哲学在那一刻开始崩裂了,露出男性的本质。她不知道如果换作别人,她是否会大喊非礼强奸,因为当她继续挣扎的时候,他竟抽过一条毛巾将她的双手捆绑在床头上。她无法言语,在他脱下她内裤的那一瞬间也试图想要大喊,但喉咙发紧,随后嘴巴被内裤塞住了。他已经手口并用地让她降服于亲密之中,听见他用一种霸权中带有色情的音色叫她闭嘴。

这就是他送出的礼物。

离开时的心情没有她预料中那样糟糕,步履还算从容。她经过泳池,那位女士正在明亮的水灯旁翻阅着杂志,女士抬起头看了詹怡一眼,微微笑道又回到杂志中,那眼神给詹怡留下了巨大的耻辱。

阿飞减少了到潘多拉的次数,詹怡也没有再去偷窥阿飞,没有得到对方的讯号,她想她不会再主动投怀送抱。

反而是油漆师傅来过几次，以同样的眼神审视她。如果詹怡偶然经过那边的公园，她也只是看看，不会作停留。这件事从本质上看似乎发生了改变，她不知道是哪里出了错，一时对自己的感受失去了准确的把控，但她知道生活已经揭开了新的一面。她之前所做的一切都成为了没有意义的准备，唯一可以认定的是这一切都发生得太快了，有如梦幻泡影。

　　阿飞到潘多拉的时候也并未提及那件事，仿佛那是不值一提的，却又轻轻许下了某种听上去不像是承诺的承诺——他说他会到孟买一年，父亲需要他，他问詹怡是否愿意等他回来。从来没有人对詹怡说过这种话，她不能判断一个还不算了解的男人说这句话是不是出于他的真心，还是归属于他那种优等的礼仪，以一种温情的结束语来善后自己的行为。总有些人能做到善始善终。但詹怡认为爱情没有那么伟大，哪怕他有好感，兴许只是情到浓时所演变的假象——难道不是吗？她跟杜鹃探讨过，而杜鹃也不太清楚，她只是避重就轻地发表观点，认为人们在交谈中总是脆弱的，因为他们找不到合适的字词来表达内心，一方面是碍于颜面，不想暴露真实的自己，社会标准让他们如此；另一方面是假装自己善良，那是唯一能在博弈中拿出来作为盾牌的人性特点。杜鹃从流传的八卦之中总结出了自己的一套说辞,而詹怡则还没找到有任何依据的感悟。

阿飞出发孟买之前最后去了一次潘多拉,他问詹怡要了笔跟纸,他就坐在那儿写,留下了一封信,交给詹怡。信里表达了他对未来的向往及一些职业计划,只字未提他对詹怡的感受,却在末尾再次提到他会回来的暗示。男人们总是更擅长把玩情感游戏,无限拉长希冀的成分,放到最大。在那封信上,阿飞既没有说清楚自己是否喜欢詹怡,也没有流露出对詹怡未来的关心,他似乎更关注一种可持续的暧昧,保留自己的尊严,同时不吝啬地赞扬詹怡不像其他镇上庸俗的女孩,他认为她很聪明、特别。

事情是一个月后传到父亲那儿的,一开始他还有些满足于詹怡终于找到男人,在得知对方是谁之后,他却变得反常。小镇八卦满城风雨,没有什么事情能逃过旁人的嘴巴,先是有人说起过去他因为坐牢而没有得到一百万的事情,旧事重提让他觉得事有蹊跷,才继续探听。

"他甚至没有说出确切的字眼,你就这么等他?"

"一个月过去了,我不认为一年很长。"

"我只是认为你太过轻信于男人,我不允许。"

詹怡有点生气:"你不能控制我的感情。"

"想要听实话吗?"

"你有什么值得鉴赏的人生教条吗?"

"你知道那件事的当事人是谁吗?如果你知道我曾替他父亲做过那件事,你还会这样吗?"父亲认真地说,"你知道我在说什么吗?如果你不清楚,你为什么不可以好好的?"

他其实并没有打听到太多事情,传言三两句已经能说明事情的全部——有人使用不雅的语言说你女儿替你去"讨旧债"了,你很有可能即将拿回过去属于你的一百万。"你的女儿已经学会使用招数了,不是吗?"这句话让他大怒,不过他也没有过多相信传言,半信半疑。他只是不希望詹怡跟他们有什么关系。

消息太过令人震惊,詹怡从没想过这种巧合的发生会形成一个怎样的关系网,如此离奇的追溯就好像真相不是真的那样,而是把现在所发生及未来会发生的一些毫不相关的事情,强词夺理地把过去的一个真相给缝合起来。

"我不相信他对他父亲的行为一无所知,如果他不认识你,他的母亲难道也无视吗?"

詹怡想要告诉父亲,她已经在聊天中跟阿飞说起了自己的家庭状况,阿飞比她更先知道这一切,但她现在只是感到身体不适,无话可说。她一想到阿飞一家的权力与地位,想到阿飞对自己那天晚上的暴力性爱,想到他母亲眼

午后进入我房间

神里向她投来的耻辱，再想象出父亲曾替他们解决一个目击证人的残忍场面——种种衔接与契合，一时让她感觉喘不上气来。她冲到厨房，打开了冰箱，急着找出什么吃的东西想要疯狂塞进喉咙里，她的体内有一种空腹的呕吐感，无论她如何控制气息都无法排出那股气味。她撕开了保鲜膜，一盘上午吃剩的骨头汤，油水已经在冷藏中凝固成白色的脂霜，她直接用手去抓，将一块带着脂霜的骨头塞进嘴巴里，用牙齿去啃骨头上的肉。父亲在后面跟了过来，问她发什么神经。他抢走了盘子，在用手拍打她的背部的时候，她终于有了反胃反应，对着洗手池吐了一堆尚未消化完的食渣。也就在那次之后，她再也没有抽烟了。

那天晚上，詹怡反复看了那封信，越看心里越找不到方向。一方面，尽管不太明确，她还是有侥幸心理——万一他说的都是真心实意的呢？另一方面，她不知道一个人叫另一个人等待指的是什么，她问自己事情到底会以怎样的方式继续，如果那时候她的心中必须要有答案，那么在她看来，也许他的想法根本不需要一个肯定或否定，那些文字如海龟一样，会缓慢而长久地被遗弃。

夏天的时候，詹怡没有去河边游泳了，她意识到自己已经不会像孩子那样从河流中找到那种嬉戏的愉悦。潘多拉依然在营业,她没有因为八卦而被击垮,传言又更变了,说她高攀那家有钱人,无奈人家只是玩玩,随后将她抛弃,远飞印度孟买继续过着发财的日子。她不害怕流言——至少目前来说,那不至于成为伤害她的一部分。他们不知道他留给她的信,哪怕那些承诺听起来虚假,至少拿得出手。杜鹃一直站在詹怡这边,说她很清楚这是怎么一回事,她坚信所有人的传闻都不及她的精准。

生活好像没有什么变化,就像忽然出现了一个人,巧合地击中了她的心,又巧合地接驳上了长辈之间的恩怨——也许那些事情连恩怨都算不上,因为从头到尾,她跟父亲都更像是被支配的一方。即使她曾耍了些小聪明,有了足够自信的计谋,到头来在对方面前也是溃败的一方。但她没有因为这些不平等而产生仇恨,她意识到地位身份的不同,过程与成效也就不同。而那本诗集被她完好保存着,她收藏在唯一的一个书柜里,也因为那些诗歌,她让自己接触了更多的阅读,尽量明白更多事物。

唯一发生的改变是冬天的时候,她嫁给了那位油漆师傅。

当时她经过了那个公园,停下了脚步看了一会儿那栋气派的楼房,心里想到自己曾在里面发生过的事,如今想来也谈不上是什么大事,她只是站在那儿观望,有些感慨，阿飞的手搭在她肩上的感觉还能回忆起来。那些在围栏上缠绕的爬山虎愈来愈多，更为严实（围栏的预警已经成为现实），她必须走到合适的位置才能看到里面的泳池。池水已经放干了，长期没有使用又渐渐堆满了树上飘下的落叶。自然的现象让她回到那些偷窥阿飞的日子，想起他认真清除枯枝败叶时的姿态，一个优雅而严肃的男人——她相信如果不是她，也会有别的女孩对他产生爱慕之心。

她离开围栏的时候，油漆师傅正站在马路对面，就好像学着以前的她在偷窥阿飞一样，做着同样的事情。他那会儿正靠着树干看着她，眼神因为渐冷的气候闪现出了男人的温暖。我又看见你了，他说。这次詹怡没有觉得他厌烦，反而露出了微笑。兴许是这种有趣的相见让大家都觉得事情有够好笑的，油漆师傅也因此显得笨拙，站在那儿不知所措，好像没料到詹怡会对他流露出温柔的一面。

"你还会等他吗？"师傅问她。

詹怡没有说不，也没有说是："你觉得呢？你这一生中等待过什么人吗？"

"没有，"师傅摇摇头，眼里的光也随着动作闪烁，"如果有一种声音不能很好地辨认，那么，当我再次回听的时候，我也还是会犹豫的。"

"我不知道自己能否辨认。"

"我也不知道,因为我过去是个恶魔。但如果你需要某种重组,你可能就会让自己做一次恶魔。"

他说到点上了——如果你需要某种重组——但她不想做恶魔。"我的一意孤行并没有让我得到我想要的。"

"我认为那是因为你没有真正遇到,不管是什么。"

詹怡笑了笑,不可避免地产生出一种新的感受——他的试探性不确定,但他能够平静地讨得她的关注,他在保护自我的同时,也开始攻进了她内心羞怯的欲望。他开始横穿马路,走到她身边,他摘下手套帮她戴上,用关爱的口吻让她注意保暖。他们头顶上的树干已经光秃,落叶早在深秋的时候就掉光了,但冬日过后,将会重新生长出嫩绿的细芽。

后来油漆师傅到潘多拉的时候,就不再粗俗地用球杆戳她了,而是坐在座位上,或者亲自到吧台认真地点单。有一次他穿得很正式,正经地坐在潘多拉靠窗的座位上,点了两碗红豆莲子糖水,詹怡问他是不是在等人,他说是的。等到糖水端上来之后,他邀请詹怡坐下。"你愿意跟我一起喝吗?"他说,詹怡听出了这句邀请背后的含义。事实上,她不曾认为这种小伎俩会对她有用,但她确实在那个时候感受到一种更平易近人的而非痛苦的暧昧——或许这种感受从一开始就已经出现了,从他在阿飞屋里所投来的眼神,从他在路上跟自己搭讪说的那些话,从他在潘多拉不断地烦她的那些场合,过去种种,其实他一直是追随着她的那个人,不是吗?她站在那儿很久,犹豫着是否要坐下,但其实不管她喝不喝,她的心里已经有了答案。

恋爱的日子很甜蜜,所有人都知道那个提前来接詹怡下班的小师傅有多么贴心,对她有多么好。他的真诚与实际行动打破了许多詹怡在阿飞身上所形成的爱恋感悟,她至少能在油漆师傅身上看到一颗与她平等的心。不同凡响或是如愿以偿这些统统都不是最重要的,不期而遇的缘分也很难捉摸,但像他身上那种可贵的品质其实才能给出更多的可靠性,而这种品质是来自他对她的爱慕,对自我认知的诚恳,对世界的尊崇。

一年后,阿飞没有回来,那栋房子原封不动。有人说女主人曾经回来收拾过一些屋内的东西,但杜鹃说没有人真正看见过她,信息不可靠。詹怡不知道阿飞有没有回来,或者未来他还会不会回来,不过现在她已经不会去考究这些事了,她的生活已经进入新的一页。潘多拉的老板在她的建议下卖起了波子汽水,这种汽水引进来之后,很多年轻人都为之着迷,如果他们不知如何开启,詹怡就会认真地为他们演示一遍。而她的丈夫则在附近不远的地方开了一家专卖油漆的店铺,店面规模还算不错,偶尔也还有人来找他上油漆，他向来很擅长做这个。

幻想与自欺可以满足一时，甜美与凶险所呈现的也有可能是同一种遭遇。詹怡算是明白了——她明白有些男人终其一生都不会作出选择，他们舍弃的事物能在他们把控的范围之内；而对于她这种女性而言，有些选择是默认与被动的，在成千上万的承诺之中，她们所信任的不过是一张诚实的面孔。

替 身

雄性领袖会驱逐弱者,他的入侵会危及别人的地位——骆利夫没有直接对舒亚蕾说出他的忧虑,但他直面这个问题,他的尊严教他保持沉默。欧映逢要来探访的消息让他不安,他从未想过,那个去年冬天旅途偶遇的男人真的有一天会来找他们。但舒亚蕾似乎很开心,裙子的摆动显现出她的轻松,她站在骆利夫对面,镜子中的神色流露出她对这套裙子的喜爱。

"难道你不高兴?你忘了旅游时那些趣事了吗?"

"我以为他只是过客——就像你在什么地方遇到的什么人,仅此而已。"

"你说话总是不真诚,你怎么会忘记一个跟你长得一样的人。"舒亚蕾换回衣服,又提议为骆利夫挑选一些,"起码有一套让你看起来体面些的衣服,接待别人,接待你自己。"

"接待"二字让骆利夫感到害怕，不知从什么时候开始，这段关系渐渐变成一种牢笼——不是你无法逃出去，而是你身在其中，被看不见的某种界线、地段、等级或其他所捆绑。因为家庭背景悬殊，他们之间也确实存在不少问题。有时候，如果舒亚蕾对他逼得很紧，他就会借着去买烟熏肉的时间偷偷进入舞厅（也有可能只是在酒馆坐坐），他想看看那些表演的女歌手，她们美丽的舞姿能让他得到满足，随后再迅速喝一杯他们最畅销的啤酒，回来后则声称烟熏肉太抢手没有买到——有时，他会为自己的小聪明窃喜，但做完这些依然需要回到笼子里——没有任何办法，除非你舍弃对方，你知道你不会变得残忍，你知道命运的安排总是存在巧合的碰撞，流露期盼却又遮蔽机缘。事情总是这样的，你得回去。他们住在舒亚蕾爸妈留下的房子里，墙面翻新过，庭院很大，房屋后面也有栅栏，油上淡蓝色的漆，但也已逐渐脱落。他们没有养任何东西，连一只狗都没有，舒亚蕾说可以放养几只鸡跟一匹山羊，到了春天会有鸡蛋，而羊只是为了清理这片杂草丛生的地方，它也不会有任何攻击性。骆利夫则一直犹豫不决，因为担心那些鸡粪会影响花香的气味，他打算栽种更多的山茶花与芍药。屋子朝北处有一条河，河流最终是通向大海的，但尚有一些距离。

骆利夫从来没意识到自己的欲望已经显露出来，就是最近几天开始出现的状况，在等待欧映逢要来的日子里，连走在路上他都觉得自己变得不一样，那种原始的冲动力量——不仅仅是源于某种单一的欲望，还有一种无法描述的机遇，他听见内心的渴望，需要更多、更大、更自由的东西。

一个月前，他们收到了欧映逢的来信，信里只是简单地写了一些问候，并询问是否方便见面，他有工作机会到沿海地带来，而且他很想念他们。他的用词总是很暧昧，信末还有试探性的要求——

> 如果可以，希望你们能在5月22日傍晚抵达火车站。

但是，与欲望同时迸发的还有忧虑。骆利夫很羡慕舒亚蕾可以毫无压力地接受这件事，而他不行——一个有着跟他十分相似面孔的男人——她期待的是什么？他又想要什么？当然，骆利夫很珍惜这份缘，因为这世上很难遇见有一个跟你的长相几近一样的人存在，并且在一个陌生的地方遇见了彼此，有过快乐的交谈。骆利夫性格稍微软弱了些，而欧映逢身上却偏偏集齐了他所向往的特点——机警、聪明、勇敢、热情。他们之间的关系就如同持有一样形态的水与火。

到了22日当天，舒亚蕾午觉后就开始准备晚餐，尽量做些自己的拿手菜。骆利夫独自前往火车站，其实他有些紧张，因为他一直认为欧映逢的那封信里有不一样的意思，尽管他没有写上任何关于其他意愿的字词，但看起来好像要回来跟他进行往事的争辩。他总是很敏感，常常一件事能联想到更多。

泊好车后骆利夫迅速走进车站，时间几乎踏正列车抵达的时间。两个出口陆续有乘客出来，他等着欧映逢从人流中出现，一直仔细盯着。二十分钟过去，骆利夫还没看到他，意识到可能是自己看漏眼了，侥幸地想也许欧映逢的长相已经发生变化，又或者他正在门外站着，于是骆利夫又走到外面，来来回回。甚至有一刻，他怀疑这是不是欧映逢的一个恶作剧，直到有人从后面叫住了他。

"我以为我认不出你了，我一直看，可还是错过了。"

"等待一个跟自己长相一样的人，也许会容易错过。"

欧映逢还是一样，幽默，或者强势，说话都像是经过一番迅速筛选的程式。

"是啊。"骆利夫也很感慨，想起第一次遇见欧映逢的那天，两人分别站在街道的两边，旅游地区人来人往，只有他们伫立在原地，像看着一面穿透的镜子。

"没想到我们还有机会再见，写信总是给人惊喜。我很担心你们的地址是假的，或者你们搬家了。"

"舒亚蕾很高兴你能给我们写信，这是很难得的情分。"

"看到你让我有一种很亲切的感受。"欧映逢说罢上前给了骆利夫一个拥抱。

欧映逢后来读了研究生，现在是个生态学家，至于工作方面，他说只是认为自己在按照工作室的要求寻找一些东西，他本身对地貌与生物的事情并不知多少，但也就是在这些年的工作里，渐渐累积了一些有用的知识。家里人觉得他从大学开始就选错了专业，但他表示还好。"你呢？"欧映逢把内容转向骆利夫，骆利夫侧头看了他一眼，又迅速回到前方的电视画面——显然，骆利夫看到了以前熟悉的眼神，那是他最初认识欧映逢的样子。时间似乎过去很久了，有些东西依然会在某些时刻重新警醒他，他还是有些害怕面对对方跟他长得一样这回事。他拿起遥控器时心慌地出现手滑的情况，脑子里不断地回忆过去。欧映逢的出现让他感觉疲惫——不是因为他而疲惫，是生活凸显的疲惫，那让他意识到自己是个无用的废材。

"我做散工，我还能做什么？无非是那些事情。"

"我觉得不要紧。我的家人也总是这样，很喜欢打电话来告诫我，劝我不要太消沉——他们觉得我的职业是消沉的，这很可笑，好像他们非常了解似的，觉得我选错了行业，并说这不要紧，很多东西可以重来，不要紧。你听听。"

"我读书的时候，有个朋友也是学生物学的，应该跟你差不多吧。"舒亚蕾在厨房与客厅间来来回回，偶尔插上两句话。

"那是她的前任。"骆利夫讽刺地说。

"哎，很抱歉我刚才的问话，我不知道你父母离异的事。"舒亚蕾又说，把最后一个菜端出来。现在，格局开始发生变化，骆利夫感觉自己真正担心的事情来了——舒亚蕾很会制造一种逼迫对方妥协的氛围，而欧映逢身上所散发出来的男性气概也让骆利夫自愧不如。他们两个人的对话——或者说他们本身的存在，让旁人总要警醒三分，仿佛他们才是真正的一对。这是个巨大的威胁。但骆利夫有一个好的地方——敏感——他能持续觉知那些感性或理性的变化，他的随机反应与自我调控是他的优势，就像海风一样，能潜入尚未绽开的花蕾。

"没关系，"欧映逢说，"你倒提起了她的模样，我父亲离开之后，母亲就开始生病，我有时都不乐意去想起她了，独自照顾生病的老人让我变得沉默，但如果连我都不照顾她，状况只会更糟糕。"

"可以请护工试试，我以前就是这么做的。"舒亚蕾说。她对事情的处理方式首选金钱，能用钱解决就没有烦恼。

"她比较抗拒，不愿意在陌生人面前暴露自己的一切，她总说这种事让她觉得难堪。她的防御心很高，高过她的双眼，几乎要越过头顶。"

"那你没有遗传她的这种特性？"

欧映逢沉默了一会儿，他说："也许第一次见面的时候，你们已察觉出我的个性。不是吗？先为我们的友谊干杯。"

骆利夫回应过来，也勉强举起杯子。他根本没认为他们之间有友谊存在。

"你在信里谈到，此次是因为工作？"

"啊，对，需要收集一些海边滩涂的东西，我所在的城市没有海，所以趁着这次难得的机会挑选了这里，顺便来探访你们。"

"你太客气了，"骆利夫说，"你想什么时候来，我们都欢迎。"

"饭后你能送我去酒店吗?"

"我们不送,"舒亚蕾给欧映逢舀了一碗汤,调皮了一下,"你今晚留下,我们为你准备了床铺。"

"那样太麻烦了。"

"不麻烦,就这么决定了。你在这里工作,有什么问题,我们还能帮到你。"

连续两天晚上,骆利夫都能察觉到舒亚蕾的坐立不安,她总在欧映逢闲下来的时候向他请教一些问题,明面上的好客不过是种掩饰,她真正感兴趣的,是试图得到他对她欲望上的冲动。骆利夫一下子就看清她想做什么,震惊之余,他想到自己跟舒亚蕾之间已经不再发生性爱关系,也许这是舒亚蕾的第一步。到了第三天深夜,骆利夫潜入客卧,偷偷翻查欧映逢的箱子,为免被发现,他点燃了安眠香薰,试图让欧映逢睡得更沉一些。但箱子里只有他的衣物,背囊也没有什么特别的东西,不过是一些工作文件、照片,正如他所说的那样,一些关于生态学上专业性的东西。但骆利夫在那一刹那冒起一种怀疑,也许这根本不是这个男人的工作,又或者这不是他前来的目的,他到底想干什么?还是自己想得太多?

午后进入我房间

临走前他又偷偷爬上床，仔细观察欧映逢的面容——这真的很可恶，除了两人的眉形不同之外，其余地方他再也挑不出什么异样来，并且——相对于年纪相仿的男人们来说，欧映逢的皮肤更为紧致。骆利夫差点就抓起身旁的枕头，用以捂住欧映逢的这张嘴脸，让他消失。但这种怨恨的缘由让骆利夫显得小气，他抓着枕头的双手停留在空中，善良的他当然不会那么做。但更令骆利夫震惊的是，就在他准备放下枕头时，舒亚蕾也出现了。当她悄悄推开客卧的房门，穿着性感睡衣出现在这对像是双胞胎男人的面前时，空气中凝满的香薰变成令人厌恶的气味，一方欲杀人、一方欲出轨，恶臭的欲望从各自体内散发出来。黑夜中只有窗外透进了一些光芒，在这昏暗的冷光之中，这一切俨然发生了变化。

舒亚蕾从小就与大家不一样，她家境优渥，穿锃亮的小皮鞋，住大房子，出门有车接送。从一开始，当骆利夫还在镇上生活的时候，他就知道自己无法得到她——而如果有一天真的得到她，那也不会是长久的事。他明白与像她这样的千金交往会带来很多无法消除的麻烦。不知是不是这种暗示让有可能发生的人生转机都消散了，他有时不得不听天由命。现在可能很难明白当时的处境，顶多是一些回忆中的感受，但他未成年的时候，舒亚蕾是他心里思慕很久的对象。她的美丽不可否认，有一种天生带着距离感的冷漠，却又会在出其不意的时候发出关怀，没有人会拒绝这样的女孩，她那时的教养都能从她的谈资看出，她做事的方法也体现出她的身份。以前，骆利夫在学校给舒亚蕾写过情书，像别的男孩那样假装自己很有文笔，试图打动对方。起初舒亚蕾并没有理会他，机缘是在暑假产生的。那时骆利夫的母亲很担心家庭状况，她总是非常忧虑钱财方面的事情，她到处打听是否有人想要招暑期工——每年夏天她都如此。一开始她找了些工厂跟派单的工作，骆利夫不想去，不久，她又收到风说有人想要招收假期里做家庭清洁的工作，要求最好是本地的年轻人，不会突然走远，而且待遇还高。母亲命令骆利夫立刻前往。那是一家有钱人的别墅房子，就在沿海大道边上，走路有些远，所以每次骆利夫就骑单车过去，替他们打扫屋子一楼（女主人要求他不得出现在二楼以上），还有院子，必要时保养铁门以及护栏。有时候男主人会询问他是否有空，顺便洗洗他的车子——基本上什么都要做，一个礼拜前往两次，不算很忙。骆利夫不知道那就是舒亚蕾的家，是到他第三次去的时候，碰见舒亚蕾从外面回来才知道。

"你今天来晚了。"舒亚蕾说。

骆利夫有些呆滞，一时半会儿不知说什么。

"昨晚下过雨，沟边的位置可能比较多树叶，多清理一下。"

"你一开始就知道我？"

"你指什么？知道你来做暑期工，还是知道你写的那些信？"

骆利夫脸红，低下头没再说什么，也说不出什么。他的自尊与内敛被女孩直接攻破，他的羞耻心也在那一刻因为身份的不同而令他深感窘迫，而舒亚蕾对自己当下及未来有可能发生的事情似乎了如指掌，并毫无波澜地迎接一切。她的洞察力很惊人——对骆利夫来说，她的眼神持续穿透他，连视线都带着锐利的光，似乎再多看一会儿就能读懂他在想些什么。

"你可以留下来吃饭，今天我父母不回来。"

"不，不用麻烦了。"骆利夫紧张，那时他只想迅速清理完那些被雨水打落的枝叶，随后逃离。或许也不再来了——如果两个晚上还无法平息尴尬的话。

"你不用客气，当然，如果你不方便，下次再吃也可以。"

舒亚蕾说完也没给骆利夫回话的机会，往屋里走去了。也就从那之后，骆利夫接触舒亚蕾的机会多了，他在家里一声不吭地过了两夜，意识到有些东西不是逃避就能改善的，认清自己的家庭背景没什么不妥，以同校校友、暑期清洁工的关系来应对有可能发生让自己被羞辱的意外。他的善良与自负同时显现出来，并整合而成一种新的姿态。他更喜欢她了。她的内心在他们相处的那些时刻一定程度上变得温暖了些，至少在骆利夫的印象里是这样的，否则他不会得到那种鼓励的讯号，在她父母外出的那天晚上，他主动脱掉自己的衣服——我希望我的全部都能给你——天知道他为什么会说出这么恶心的话！但这句话却如此奏效，令舒亚蕾卸下了那层无形的防御。她先是惊愕，但很快就站起来，盯着骆利夫的身体，大概持续了半分钟，再一步步走到他面前，用手指轻轻抚摸他腹部的毛发，最后忍不住笑了出来。骆利夫猜对了，她的家庭不会像大多数人那样，她的父母必然更严谨，会是那种强调洁身自爱的家长。骆利夫有一点内疚，同时又有一点点的自豪，因为他用自己的身体击溃了一对家长多年来的教育——舒亚蕾也脱掉了自己的衣服，就在骆利夫的面前，一件一件，直到她满脸通红又渐渐冷静下来，献出了她的第一次。"我爱你的模样，像池塘里飞过的蜻蜓，留下波纹的感觉。"舒亚蕾说。

再后来，舒亚蕾一家人离开这，到城里住更大的房子，舒亚蕾也追求自己的学业，两人就此分手。但舒亚蕾毕业后却又独自返回，不顾父母的反对——年轻啊，为了爱情不顾一切，她的回头也让骆利夫感动，并发誓要成为有用的人。当然，骆利夫没有实现承诺，学识的不足与技术的落后，只能让他成为普通人，不断地做一些散工，多劳多得。身份上的阶级对比太过显眼，刚开始同居那会儿，有时骆利夫在院子里打扫，都会觉得自己仍然是许多年前那个打暑期工的外人。

"我昨晚睡得很沉，房里好像飘来了一些花香，特别好闻。"

"很高兴你睡得不错。"

"那舒亚蕾怎么办？你们昨晚是不是发生了什么？"

"没事，不过是我们之间的一些矛盾。"

"也许你可以跟我谈谈，我们虽然不是双胞胎，但也许我们有比双胞胎更特别的感应。你对我没什么感觉吗？"

"感觉？"感觉可多了，但真的要谈到什么感觉，骆利夫具体也说不出来，"也许跟你一样。"

欧映逢点燃了一支烟，在没有女人的环境下，不知是不是产生了错觉，骆利夫觉得欧映逢的行为比他更为粗俗。桌上给他准备的早餐他一直没动，咖啡喝了一口，已经冷却，杯身有干掉的咖啡渍，烟灰没有完全弹中烟灰缸里。骆利夫又看了他一眼，似乎从他的眼神里看出来更多不可告人的秘密，以至于骆利夫不敢再多说什么。现在，如果有人告诉他，欧映逢与舒亚蕾在那天晚上之前就已发生过关系，他也是有理由相信的，但他不愿意总把欧映逢当坏人。其实哪怕舒亚蕾跟他解释一句，说清这件事，表明自己昨夜只是没能控制欲望的诱惑才忽然走入欧映逢的房间，骆利夫也会相信。他太脆弱了，又善良，所有尖锐的事情他都难以面对。他们分房睡的状态虽然令他减少了压力，但却忽略了舒亚蕾的需求。除此之外，他觉得有一种更大、更有可能对自己造成伤害的事情即将发生，说不清是什么，欲望由这一刻彻底转变为某种隐蔽的攻击，他的敏感教他如此，内心忽然渴望能掌握一些防御本领。

"那你知道她去哪了吗？"

骆利夫摇摇头说："算了，也许过两天她会回来。"

"真希望这一切都没有发生。"欧映逢将香烟叼在唇边，说话含糊不清，走向骆利夫并给了他一个紧紧的拥抱。"如果是我的到来使你们如此，我真的很内疚。如果是别的事，我希望我能为你做点什么，我的好弟弟。"欧映逢说话的语气就好像他们相识多年似的，在清晨的暴雨声中，骆利夫甚至听见他吸烟时所发出的星火声音，轻微

午后进入我房间

的呲呲声就在耳边,如同一种危害的讯号——再想象到那些烟灰会掉落在他的背后,他才想要从中脱身,继而发现欧映逢抱他抱得太紧,像是要将他弄死一样。

"看样子,保持自由身也是不错的选择。"

"是吗?没有让你心动的人出现吗?"

欧映逢忽然冷漠的眼神掠过骆利夫的身躯,嘴巴动了动,闭口不谈,转而问骆利夫天气什么时候会变好,他希望到海里去看一看。骆利夫歪歪脑袋,说:"还行,但看样子还有一场暴风雨会到来。"

"晴朗的时候,你可以陪我到海里看看?"

"那是你的工作吗?"

"我可不是来度假的。"

骆利夫无暇追随舒亚蕾的事,心想她大概只是回了娘家,回去她有钱父母的屋子里住几天,也便答应了欧映逢。不过,不知道是女人的离开让男人们更开怀畅聊,还是欧映逢刻意顺从骆利夫的性格,怜悯他的遭遇,那天晚上他们的聊天出乎意料地好,还喝了几瓶啤酒。

海岸有些浮物与白色的泡沫,还有一点垃圾,随着潮汐推向礁石,在回旋打转。他们绕开了,往另一边走去,但情况并没有变得多好,也便将就着找了没人的地方。眼看前面设有警戒线,不是安全的水域,欧映逢依然走入其中,骆利夫喊了两声他都没停下,只好跟上。

"海湾的视野很好。你常到海边来吗?"

"小时候常来。以前还没离开镇里的时候,我爸妈常常在附近喝酒,"骆利夫指了指背后的椰树,"往那边那条巷子进去,以前有个酒馆,光顾的都是像他们那样的人。"

"怎么样的人?"欧映逢问道。

"就是,"骆利夫迟疑了一会儿,"更落魄的一些人。你也许不知道,其实舒亚蕾的家境比我好多了,我们一直没有结婚也是因为她父母的反对,拖到现在。"

"啊,看来是阶级问题啊。"

"也许还有别的问题。"骆利夫不好意思说他们之间床事的问题,把话题转移到对方身上,"现在下水是要探险吗?"

欧映逢笑笑:"不是探险,只是想要拍点照片,没有出海设备,我想看看内湾里有什么东西。"

"也许除了沙子,你什么都看不到。"

"拭目以待。"

"你的相机防水吗?"

"当然,来,往这边走。你的身形有些走样,该注意锻炼身体了。"欧映逢说,"双胞胎应该保持一致嘛。"

骆利夫不好意思地往下看看自己，整体虽然没有发胖，但腰间开始有些赘肉。欧映逢保持得不错，骆利夫跟在他后面，看着他结实的腰背，大臂线条随着晃动显现出一种动感的姿态。他的泳裤剪裁紧贴腰臀，落在大腿根部结束。再往下看，他就想到了舒亚蕾，想象她是否曾推开浴室门也这样打量欧映逢的后背，又或是趁着他熟睡，走入欧映逢的房间，迫不及待地将整个脸部埋在这个男人的双腿之间。骆利夫回过神来，看到欧映逢弯腰弓背的摄影姿态，就好像紧紧匍匐在舒亚蕾身上——这种幻想里的性爱姿势让他感到难以招架——他已经忘记最后一次是如何裸体拥抱舒亚蕾了，那种快要冲出身体的欲望，同上次一样，随着生活所缺乏的某种东西，慢慢迸发出来——他勃起了。

"你跟上来了吗？"

"我先看看这边。"骆利夫哆嗦着说。

为了避免尴尬，欧映逢回头的时候，骆利夫立即转过身子，不一会儿他就已经走到更远的地方去。海水没过大腿有些冰凉，他没停止，继续让海水越过腰部以遮挡部位。接着，事情就发生了。不知是因为长期没有性爱的原因，还是此刻一直涌上心头的欲望达到一个峰值，骆利夫突然感到一股电流般的强烈触碰，所有大海传来的能量都集中在下体,他甚至不敢用手去触碰自己,藏在水中握着拳头,一动不动。但无论他怎么做都没有用,感觉乳头挺立,腹部变得紧绷,一阵更强劲的海风吹过时,他就在海里遗精了。他惊讶于自己的生理反应忽然失控,在如此宽敞的大海中暴露无遗,那种侮辱自然介质的羞耻感随之而来。他悄悄拉下泳裤,不断地用手搅动海水,试图将廉耻推远。

"伸进海里也拍得不太清,全是浮粒。"欧映逢在远处说道,暴雨后的浑水让拍摄难以进行,"现在我拍到了一个缺了半角的海星。"

"噢,是啊,"骆利夫回过神来,"那是你想要的吗?"

欧映逢把相机抬高到胸前,也许吧,他说,声音很轻。骆利夫没听见,刚好有一个很大的海浪拍在礁石上,没过了所有声音,似乎也带来了更多东西,欧映逢连忙沉入海里搜寻。

骆利夫慢慢靠近欧映逢,假装什么也没发生地询问他都拍了些什么。欧映逢微笑着,盯着海面漂浮的一些东西,把相机挂在脖子上。"你看。"他说。没等骆利夫仔细看见什么,欧映逢就迅速拉开了骆利夫的泳裤,另一只手推动海水,将水面漂浮的一根长长的像线条一样的东西往他泳裤里送,再迅速抽紧他泳裤上的两条带子,自己后退了两步。

一股剧烈的疼痛忽然而至。起初两秒骆利夫还忍着，但很快就无法站立，整个人痛得几乎昏厥过去，他看了一眼无动于衷的欧映逢，双腿想要往岸边的方向走，但才迈出一步，"啪"一声，整个人就栽进海水中。那一刻他的感受就好像亲眼看见某个行星的运转偏离了轨道，引起地球离奇的波动，海水翻滚倒灌，将他淹没。

水母确实不会靠近岸边，但那一带是水母猖獗出现的海域。欧映逢以前读书的时候，课堂上学习过一些海洋生物的特性，有一次说到水母，它们会被恶劣的天气打败，譬如在暴风雨后，有些不幸的水母就会误断一些触手，就是那些像须一样的东西，这些断掉的触手本身携带毒液，随着风雨和大浪漂浮到海岸边——他们刚刚经历了一场暴风雨不是吗？欧映逢最擅长这些东西了，他早有预备。

他对医生说："骆利夫的下体碰到了水母断掉的触手。"

医生循例查房的时候，进来说了些嘱咐："水母种类繁多，很幸运没有碰上更剧毒的，但病人的毒素残留还是会有许多影响，昏迷的状况也许会持续三天，或一个礼拜，不会太久。好在你懂得一点急救的知识，在紧急情况下，缓解病毒是非常有必要的。"

其实，为避免致命，在骆利夫不省人事的时候，欧映逢将他拖到岸上，再回到车上拨打急救电话，假装遇害。他从包里找到提前准备好的橄榄油——他在什么地方听说过，橄榄油能缓解水母释放的毒性，具有消毒（消炎？）的作用——欧映逢冷静处理危机病情的步骤得到了医生的赏识。

"另外，病人有勃起功能障碍的病史，服药有过一年的时间不见好转，病史记录他后来停药了，所以，如今再遭遇一次毒素的感染，情况可能不太乐观。"

欧映逢并不知情，只是沉默地看着骆利夫。舒亚蕾刚赶到医院就听见医生说的这些话，上前握住骆利夫的手。

"他说没大碍。"医生走后，欧映逢对舒亚蕾说。

"生命是个谜，医生什么也不懂。"舒亚蕾说，"你没事吧？"

"我没事，发现他晕倒之后，我立即打了急救电话。"

"谢谢。"舒亚蕾说，"也许我不该就那样离开。"

"你们吵架了？"

舒亚蕾摇摇头，没说什么，只是发出一声轻叹。

欧映逢不再显现出热情的面容，而是冷漠地看着面前的情侣，不知是面对病人该收起笑容的缘故，还是事情已经抵达自己期望中的一半,不必要那么做,总之,他此刻给人的感觉有些阴沉。他把床边的帘子拉上,隔开旁边的病人,再挨着舒亚蕾轻轻坐下。在局部投射进来的光影中,欧映逢看起来跟骆利夫简直一模一样,比她平时见到的状态还要更像,除了眉毛部分。舒亚蕾几乎产生了错觉,双眼紧紧盯着欧映逢。他似乎也察觉到,但没有与她对视,而是拿起药膏,替骆利夫擦药。

"你介意吗?"欧映逢这么问的时候,手却已经沾上药膏了,见舒亚蕾没有回应,便凑近她面前,温柔地说:"希望他能挺过这段时期,我可以留下来帮忙吗?也希望你不会拒绝我,因为他就像我的亲弟弟一样,我也不会让你一个人的。"

骆利夫住院期间,舒亚蕾很紧张,她对所谓的昏迷有不太全面的解读,总担心骆利夫会长期如此。是欧映逢在开导她。他很会改善这种低迷的气氛,用一个男人最温柔的方式跟语气来缓和她的忧愁,并令人放松。为了得到更多的时间,欧映逢请了一位护工,他们离开骆利夫之后,就换护工料理。回到那个家,也就成了他们两个独处的空间。在厨房里,欧映逢主动下厨,他能从窗户看到舒亚蕾在后院忙碌,她开始除草,或者给骆利夫种的一些植物浇水，欧映逢很享受这种时光。晚上在客厅里，欧映逢又会备好热茶与瓜果，他悉知舒亚蕾的喜好，了解她的作息规律。他用整晚的时间来跟她探讨一些人生趣事，并在欢笑当中投以她暧昧的眼神——他实在太了解她了，这令她感到非常震惊。慢慢地，欧映逢就好像成为了这间屋子里的男主人，他在舒亚蕾失去一个男人的空当里，不仅把事情做足，而且比骆利夫做得更好。舒亚蕾本就心不在焉，不确定自己在那天晚上偷偷溜进欧映逢的卧室里是出于欲望驱使，还是逃避——如果一个肉体的器官值得她这么去珍视，那她这些年的隐忍该是会值得的，很多东西被看作是勇气与爱，实际上无非是委屈自己。她从小的教养、多年来的学识，在这两位相似的男人们面前受到了一个小小的挑战，她不想再那么费神了，一些非分之想恰好产生，很多东西索性就毫不踌躇地被置于脑后。于是，那道防线在骆利夫昏迷的第三天晚上，终于被突破了。舒亚蕾胆敢为自己的尝试给出了好几个应有的理由，即使她知道有些东西做一次跟做一百次是同样的——她几乎能肯定，如果此刻在她面前跟她亲吻的人是骆利夫，她反而会收起一些希望，但当她刻意去提醒自己，这是欧映逢时，她的意识又被他的模样所侵犯——包括他的力道与缠绵的柔韧，他给她带来新的激情与释放，让她为自己与骆利夫之间的关系

午后进入我房间

作出了新的和解。

每一天都有很多年轻人独自死在医院,他们的亲人或朋友永远都不明白病者的追忆需求。

事情本来没有变得多么复杂或戏剧化,骆利夫在一个礼拜后就醒了。出院后,他们将骆利夫带回家,他却几乎说不出话,腿脚也不好使,像是水母留下了强烈的剧毒,永远残留在他的身体里。医生写出院诊断报告之余,建议他们转去大医院,虽然基本病毒已经清除,但还是保障为好,这不是普通的中毒。欧映逢点点头,询问主治医生是否有更好的医院推荐,拿回了病历,却没有把医生的话告诉舒亚蕾。

对骆利夫来说,不管发生了什么,他其实已经放弃了对付欧映逢,他没有报警,没有诉求,他柔弱、善良的品性没让他成为更糟糕的人。但他哪怕想要报复,其实也无能为力。因为舒亚蕾的行为并没有体现出多么难过或关爱他,他也明白,人们的变心与恒心,也许只在一朝之间,再敏感的人,也是说麻木就麻木。他在昏迷的时候似乎做了一个很长的梦,梦见自己买了一支眉笔,与欧映逢坐在镜子前,对比着他的眉形,仔细描画。梦里他们成了双生儿,交换人生与伴侣、职业,在长达百年的人生中相互体验对方的经历,做彼此的替身。

有一天,骆利夫从床上醒来,看到一旁的欧映逢睡着了,骆利夫没有喊醒他,而是看着他的模样,越看越感觉他有些不自然——但他们仍然相似,他相信医院里所有人都会认为他们是双胞胎,并被他假装的关爱所感动。当骆利夫尝试开口辱骂欧映逢的时候,却只发出了咿呀的喉音。欧映逢醒来,眼神怪异地看着骆利夫,嘲笑他的声音,不一会儿又露出开心的面容,温柔地说你醒啦。但骆利夫看见的还是在海里的那个笑容——虚伪而不声张的手段,让人猝不及防。正如他自己一开始所预料的那样,雄性领导会占据一切,驱逐弱者,把所有物体归为己有。

"今天你可以自己吃药吗?可以自己擦药吗?"欧映逢说,"不过,也许你的腿还不太方便。"他将药丸交到骆利夫手中,转身倒水,似乎在水里放了什么,有些东西在迅速消融,又像是眼花——从骆利夫出院到今天,欧映逢一直这么做,没有人知道那是什么东西。哪怕欧映逢更换了药丸与药膏,骆利夫也失去了质疑,而如果他拒绝吞下,欧映逢会强行用手挖开他的嘴巴。

"我今天买了一支眉笔,我已经学会了如何描画更像你的眉形。"

骆利夫看着他认真画眉。

"不过有一点不好的是，我的胡子长得太快了，不像你。"欧映逢自言自语，又拿起剃须刀。

"你回不去了，"他继续说，"如果你想靠近舒亚蕾，你会在半夜听见隔壁房我们做爱的声音，或是她在向我讲述如何安慰一个阳痿男人的那些事情，我想你不会喜欢听这些。她爱过你，但如何赢得女人的信任是你该学习的。"

骆利夫哑口无言，气得吃药时差点噎着，喝完了欧映逢递来的水。不过多久，他就迷迷糊糊，随后，他耳边也传来这位男人的声音，诉说着他年少的回忆——

如果不是因为你的存在，她不会在毕业之时离我而去，更不会回来这个破地方。你知道你的面容有多令人受罪吗？我不得不在脸上动手脚，成为全新的你。你知道吗？初恋总是带给人们难忘的回忆，她对你的感情让人难以超越，但也正如我对她的感情一样——想想我现在做的这些事，到底是为了什么？哪有什么旅途偶遇，哪有什么长得一样的人，轻信陌生人的话是愚昧的，但你很幸运，你两次得到了她。而我的人生总是充满错误，我希望这一次不会是个破碎的梦。再吃三天这些药物，你的病情也许会更糟糕，谁知道会发生什么呢？一定会有什么地方继续出错，我希望你奄奄一息。你已经完蛋。你在听吗？

骆利夫没有沉睡,也不清醒。他听到欧映逢的呢喃,但没有大哭,他自己是想哭的,但眼睛睁不开。那些话好像是一个什么故事,离他非常遥远,他也听出了这个男人的坦诚——是啊,很多东西已经清清楚楚了,像水母的触手那样浮出水面,令人惶恐,只是他实在没有力气说点什么做点什么。他知道那些喂给他的药都是一种危害,药膏只是一种清凉的东西,他不可能不知道。再后来,他听到舒亚蕾的声音,他在迷糊中勉强伸出手,有人来握住他的手,但他无法感知那只手是属于他们中的谁,只是脑海里想起年少时与舒亚蕾恋爱的画面,想起她说过的那句话——

我爱你的模样,像池塘里飞过的蜻蜓,留下波纹的感觉。

午后进入我房间

蓝色布洛芬

一

夏光耀岔开双腿,坐在泳池边的太阳椅上。费琪迅速拿上防晒霜走到他附近,以一种故作没有发现任何人的姿态,目视前方,赤脚走在溢满水的水池边缘。当她靠近夏光耀时,她能精确地感受到来自男人审视的目光停留在她光滑的双腿上,她涂抹了大量乳液的皮肤这时候终于派上用场了——又或者男人只是看着她的脚,那也没关系,她昨夜提前涂好了指甲油,带着流沙质地的浅粉色,湿了水之后在太阳底下更加闪耀。

"我认得你,夏光耀先生。"费琪忽然回过头,在夏光耀面前停下,"上礼拜的晚上,就在这,我看见你在餐厅。"

"是吗?"夏光耀摘下太阳帽,将凌乱的头发往后梳,"你参加了宴会?"

"没有,但我母亲在这里有一份流动的差事。"

费琪边说边走向夏光耀旁边的太阳椅,把防晒霜小心翼翼地放在中间的小圆桌上。桌面已经被夏光耀的太阳镜、杂志、冷饮和一条折叠好的毛巾霸占了大部分位置,这些充满夏日气息的物件此刻特别暧昧。

"什么差事?"

"宴会有时候需要更大量的美食,他们不够人手,我母亲就会接这些烹饪跟制作点心的活。"

"听起来像兼职。"

"她常常失眠嘛,有时候早起很难受,兼职是很好的方式。"

费琪仍在盯着夏光耀张开的双腿,她觉得自己失策了,摔倒或者把防晒霜掉在他双腿间都比现在要好,开口说话很难发生肢体接触。

"布兰萨的甜品还是很不错的。对了,那是我姐姐。"夏光耀指着水池里游泳的女士,似乎暗示自己不是一个人。

"姐姐泳姿很标准啊。"

"你能判断出来?"

费琪点点头,觉得关系能更进一步:"我念书的时候是学校游泳队的一员,虽然谈不上那种飞跃的速度,但我基础打得还可以。"

夏光耀的视线开始在她身上游移,似是要在她身上捕捉到能足以证明她曾经作为运动员的一些特征。费琪下意识绷紧自己的手臂,使劲露出紧致的肌肉线条,相对其他女性,她可能还谈得上有些许肌肉力量,但这些肌肉没有让她看起来很壮,只是稍微看出一些训练的痕迹。

"所以你很熟悉水性。"

"跟你比可能就差点啦——要不我们比比?"

众所周知夏光耀极其擅长水性,他不是什么专业游泳健将,但无论是游泳还是潜水,他的表现都如天赋般自在,从容不迫,像长出四肢的怪鱼,不因时长或水流影响他在水里的呼吸。夏光耀笑了笑,端起桌面的冷饮,薄薄的嘴唇抿着吸管,插在杯沿的青柠擦过他下巴的胡茬,冷饮的气泡跟着浮动。他向费琪投来的眼神暧昧不清,也有点轻蔑女性的意味,又或者是第一次听到有女性在他面前发起挑战。

"我姐姐定会说我欺负女孩,这不是一件公平的事。"

"你不敢吗?"费琪马上接道。

"行,来吧。"夏光耀又喝了一口冷饮,优雅地从太阳椅上起来，走向池边，"亲爱的，让一下，我要跟这位小姑娘——"他转过身问道，"你叫什么？"

"费琪。"

"费琪——我们得来个游泳比赛。"

他姐姐回到池边，摘下泳镜朝他们这边看了一会儿。一撮发丝从泳帽里钻了出来，紧贴脸颊，她用手拨开，露出略带威胁性的眼睛。她没说什么，只是摆摆手动了动嘴型，像在说"幼稚"，没人听得见。

"自由泳？"夏光耀问。

"没问题。"

"需要我让你一些时间吗？"

"不用了，天赋比努力有优势。"

"你是这么认为的？"夏光耀大笑。

"谁相信努力的成分会占到更多呢？"

"但你还是会努力的。"

"你怎么会输呢？我只是想看看差距而已。"

夏光耀随意做了几个热身动作，随后戴上泳镜站在起跳台上。费琪也已做好准备，拍了拍自己的大腿，弯下腰，双手抵在起跳台边缘。姐姐发出倒数信号的音量令人惊讶，声线浑厚。两人起跳的瞬间有激动的小孩在尖叫，引来周围所有人的观望，堆在一起看一场突如其来的比赛。泳池的人原本也不多，玩水球的那位男人也坐到边缘去观战了，水球在他身后被风吹得越来越远。

起跳的瞬间明显能区分爆发力，夏光耀跳入水池的距离要比费琪远不少，但惊讶的是，他能感到身后的水花声噗噗向他追来，虽然距离一直保持着，但对方紧跟其后，丝毫不能松懈。同样，费琪也能感到来自隔壁涌过来的小漩涡。

夏光耀抵达终点时，回头一瞬间费琪也几乎到了，不过差了四、五秒。他不停地喘，好像没法控制体内的气息似的，看起来吃力。但周围的小孩子都在鼓掌，并大声欢呼——飞鱼！飞鱼！

"大家都叫你飞鱼啊。"

"你游得很好。"

"你太快了，我输了。"费琪笑笑。

"哎，我年纪大了，如果再回到五年前，或者只是三年前，你会看到我像真正的飞鱼一样。"

"你现在也很年轻啊，能游泳的都是年轻人。"

夏光耀勉强笑笑，他知道女孩给他台阶。他当然还很年轻，但也深知自己早期因为没有做好防晒的缘故，长期在户外游泳令他的脸比同龄人看起来要粗糙一些（或许还有别的原因），不过，他身上的肌肤因为保持运动而特别紧致结实。他不像她以为的那样冷酷无情,他脸上露出的微笑显然松了一口气,似乎刚才的比赛非常重要,因此写满了好胜和坦然。那一刻阳光正洒在他身上,湿润的肌肉熠熠生辉,脸上滑落的水珠令他显得可爱,连笑容都变得不一样。费琪觉得自己无法招架了,双手在水中不自觉地抓起拳头——从她第一次看见夏光耀开始,她就对他有一种迷恋,传闻本身已经给这个男人涂了一层光泽,他整个人散发着令人诧异的合理性,出现在她无数次的幻想中。费琪不确定这是一种怎样的感受,她等了一年——过去那段时间她一直等不到合适的机会,他总是忽然消失,又悄然出现。直到母亲无意中说,她看见那个著名的飞鱼在布兰萨游泳,让费琪冒出念头——她觉得母亲工作的地方会是个很好的切入点,而她过去游泳运动员的身份则可以很好地协助她开启一次真正意义上的主动。

二

"我有时真的受够了,这几个月就回来过一次,钱也不多。"徐丽娇摘下围裙,甩在凳子上。

"如果你一早知道婚姻危害那么多,也不该急着让我嫁出去。"费琪平静地替母亲收好围裙。

"这不是同一件事。"

徐丽娇在餐桌上用筷子胡乱搅拌,对所有食物都毫无欲望。费琪已经习惯这种状态了。父亲常年在外打工,使母亲的性格变得更急躁,毫无期望的日子听起来很糟糕。早些年家庭状况还不错的时候,母亲曾鼓励费琪继续游泳,当个专业运动员。除了并没有真正规划这件事之外,费琪还受当时男朋友溺水的影响。镇上鲜少有男孩不会游泳,在这些到处都能找到景点或水流的地方,孩子们都爱在夏天里戏水,费琪也因这个嘲笑过钱阳阳。但因为有过对水的恐惧,钱阳阳也不会再有学会游泳的决心了,这件事谁也逼不了他。之前有一次费琪试图拉他下水,但他只是坐在池边,双脚在池水里轻轻晃动,眼睛盯着书本。"我可以托着你的下巴,你放轻松摆动身体。"钱阳阳平静地看着费琪好一会儿,勉强答应了。他听着她的指挥,先是张手、张腿,再收缩,看起来像在水中画圈,如此反反复复,姿态怪异,池水让他折射成侏儒。费琪一直在鼓励他,来回几次之后,她悄悄缩回在钱阳阳下巴上的手,但他还没游出一米就往下沉了。钱阳阳不仅是生气,他觉得费琪不该在那种时候突然松手,至少应该告诉他一声,他严肃指责她的不诚恳,说忽然远离的身体让人害怕,口气充满了绝望。费琪解释游泳多少会遇到这种情况,有时需要激发本能去推动自己的身体，才能克服一些问题。但钱阳阳愤怒地否认了这种激发。"我不能。"他说。从那以后，费琪对游泳的兴趣也慢慢减半，少年之间只要有任何一件不能提的事，情感就慢慢变淡。退出校队之后，费琪也不怎么游了。有一年他们全家去了南部著名的海边度假，但她只是整天坐在泳池边看书，或躺在沙滩上晒太阳，闻着咸咸的空气，听人们在海浪的拍打下尖叫，唯有自己身上的泳衣一直没湿过。不过，那个假期同时充斥着浪漫与恐惧，发生了什么她从未告诉过父母，她也没有要好到可以倾诉的朋友。回程那天飞机延误，父母在机场休息室昏昏欲睡，费琪趁着空闲给钱阳阳写了一封信，坦白自己在海边度假时被一个身材高大、声音沙哑的女人欺骗，并遭遇了意想不到的侵犯。那天晚上她跟那位陌生女人喝了不少酒，两人在幽暗人少的浪边散步，直到她感到头晕，因同为女人，她卸下防备心，让对方带自己回去休息。她甚至无法解释一场没有受伤的性爱该不该被定义为侵犯，因为她难堪地在头痛中感受到了欲望，她反抗过，但没有力气。那天傍晚的时候她还见证了一对恩爱的恋人在海边举行婚礼，女方手捧一束紫罗兰，两人深情拥吻，周边掌声有一瞬间盖过了浪花。这两件事发生在同一天，从傍晚到夜晚，是她人生中最漫长的一天。写完信的时候费琪流泪了，她询问工作人员机场邮局在什么位置，又买了一张明信片，一同寄给了钱阳阳。但她只知道他以前的地址——也许他并没有收到，她不得而知，但也不再重要了，因为她当时只是急需把这些事说出去。

"布兰萨的薪资这周也没给我，说要到月底一起结算。"母亲打断了费琪。

"如果父亲没有回来，你也可以过自己的生活。"费琪说。

"我当然在过自己的生活啊。"徐丽娇说，"我每天起来就觉得神清气爽，我在过自由的生活。但如果我曾经听劝老人家的话，我或许会有更好的今天，而不仅仅是神清气爽。谁会真正稀罕神清气爽？你听听这是什么话？"徐丽娇用一种失落、自嘲、遗憾的声音说道，但她没有停止手中的活，餐碟之间发生响亮的碰撞，就好像是她生活中常见的磕碰，丝毫不在乎有没有撞破。她端着碗筷回到厨房，对着陈旧的水喉与不锈钢洗碗槽，想到这间小屋里所承载的一切，忽然泣不成声。

"要不给他打个电话？"费琪依靠在水槽旁。

"有什么用呢？"

但那天稍晚，费琪还是给父亲打了个电话，他如常告诉女儿自己一切安好，但当他问起家里状况时，费琪很坦然地说她们母女都过得很糟糕。"这是一种没有尽头的生活。"她说。

"但你需要什么尽头呢?"

"你知道我在说什么。"

"我干不动啦!"父亲在那头叹气,"我不再有什么能力。"

"如果你空手回来也没人怪你啊,母亲需要你。"

"没钱的生活只会逼疯大家,我不回去,你们还能减少负担。"

之后,电话那头就只是沉默。费琪有一瞬间忽然明白了什么,父亲似乎不想再回来了,他逐渐减少跟她们见面的次数早有预谋。她想起父亲过去躺在沙发上一言不发的情形,他因为胃痛而忍受一种无望,也不想让妻子儿女来关心。他的执着与屈服同时建立了他对生活的态度,并一步步走到今时今日。

"你会不会有一天就不再回来?"费琪忍不住问。

经过长久的沉默之后,父亲才说:"跟现在没什么区别。那个钱阳阳怎么样了?"

"都是上个世纪的事情了。不说了,拜拜。"

挂掉电话后,费琪发现母亲正惊讶地看着她,她挪步坐到母亲身边,开始替她可怜——不是第一次了,费琪有时总会在不经意间想到母亲这些年生活不幸的样子，男人们没有做错什么，但男人们把女人娶回家就好像会开始榨干她们似的，什么也不做就能伤害妻子。徐丽娇也一样。过去，费琪在女性杂志上看到了许多人的难言之隐，她们其实无法通过一目了然的文笔交代自己真正的苦楚，如果非要那么写的话，那些性别歧视与偏激的理论不会得到发表。但编辑漂亮而婉转地修改了文章，保持得体控诉的同时，也能让每个女孩（至少费琪）都能从中明白一些道理。她在杂志上看到过一个做人情妇的文静太太，足足过了八年，好像什么事也没发生那样。那位太太因为把家庭照顾得很好，从来没有被丈夫怀疑，但同时，她意识到自己几乎丧失了最真挚的那份魅力，在丈夫的圈养中逐渐沦为一个只会做家务活跟哄孩子的女人。掉价的感觉令她忍不住外寻新人，重拾一种受人尊敬的热情。费琪有时会受这些故事影响，她虽然会跟母亲讨论，但通常她事先就保留了想法。她可能是那种忍辱负重的人。

三

"可能你需要等一会儿，光耀出门去了。"
"这样啊，那我改天再来。"

夏光耀的姐姐热情地拉着费琪往回走，但脸上并没有露出喜悦："进来坐会儿吧，他很少邀请像你这样年轻的女孩，他欣赏你专业的泳姿。"

"见笑了，我已经很多年没游泳。"

"我看你那天就游得挺好。我叫夏秋。"

他们家的泳池不大，但水非常清澈，上面没有一片落叶。也多得池底深蓝色的瓷片，如果夜晚不开灯，看起来也许会像一池黑水。泳池南边是白色的过渡带，围栏种满了矮竹柏，另一面停着一辆银灰色的宾利轿车。

"你想要什么？"夏秋问，费琪以为她要问喝点什么，还没反应过来，夏秋又接着问，"你是故意的吗？"

"什么意思？"

"你跟我弟弟的不期而遇。"

"我没有想要什么，希望你别误会。"费琪不知道对方是否相信她说的话，如果不是喜欢夏光耀，还能是什么？

夏秋转身拉着费琪往屋里走，领她坐到沙发上，不慌不忙地倒了两杯冷饮："你像我的过去，过去的我也是这么做的。我曾经跟一个真心相爱的男人在一起，为了得到他，我不惜一切代价，想尽办法靠近他。后来因为我们无法配合彼此的工作，生活中的默契随着时间慢慢消散。"

费琪有点不知措施，对方开门见山，坦诚相待，她却无法如此轻易开口。

"仅仅因为工作吗?"她试着问。

"大家都说我是高才生,我在国外读了文化研究,拿了硕士学位,回国后工作一直很顺利。但那段感情严重干扰我的工作,你明白那种感受吗?这件事我会说一辈子的,我不甘心。"

"挺遗憾。但你可以重新工作。"

"两者兼得才是最佳的。"

费琪笑笑,有点苦涩。

"我在研究南美洲神话,带你看看。"

真正热情起来是因为谈到自己手头上的工作,夏秋似乎很重视自己的事业,又或是她本身对研究的热忱。

工作室有整整一面的落地玻璃,外面是一片树林,正值傍晚,树顶上的绿意都铺满了金黄的光泽,缓慢地摇曳。办公桌上摆满了资料,有不少色彩鲜艳的神像与海陆怪物(或者是神兽),还有几座残缺的小型雕像。电脑前是成堆的稿纸,笔迹潦草,当费琪绕过书架抬起头,另一边的墙上是一幅巨大的南美洲地图。她忽然意识到自己低估了这一切,有点不自量力,不管她靠近夏光耀的目的是什么,不管她原本想要做什么,此刻都因这位优秀的女性而变得卑微。

"南美洲地区的文化极其多样,与北美、拉丁不一样,南美洲大多数地区都会有自己的一个造物神,这是我目前研究的方向。神话是我在留学期间最感兴趣的,你相信神话吗?"

费琪抚摸着一块浅蓝色的石头,说:"如果相信星座也算的话。"

夏秋大笑:"当然,当然。"

"我只记得一个神话人物,那耳喀索斯。"

"古希腊美少年,众人皆知的Νάρκισσος,"夏秋发出了一个奇怪的发音,"我弟弟迟早会成为当代那耳喀索斯。"

"他很自恋吗?"

"他——他很热爱不一样的自己。"

似乎话中有话,但费琪听不明白。太阳下山后,她们坐到泳池边去,冷饮早已不再冰冻,杯壁的水珠也都要干了,夏光耀却仍然没回来。

"我该回去了。"费琪眼看天色不早,打算离开,只是夏秋又试图留下她。

"不着急,我们也可以聊天啊。"

"我怕会打扰到你。"

"没关系,你最好常来,一个人的日子也不好过。有时候我跟光耀一整天都不说一句话,那不是说我们赌气,但总会这样的。当然我们也有很多讲不完的话,视乎于当天所发生的事。你做着什么工作?"

"我从学校辍学了,暂时没有工作。"

夏秋点点头,似乎也没在意。费琪开始整理她所接收到的信息——要知道,夏光耀并不是真正的游泳运动员,他只是擅长而已,他秉承了父亲的审美艺术和商业思维,全世界到处观摩度假酒店的设计与经营模式,为父亲开创的咨询公司出了不少力。

"他见识过很多东西,有不少匪夷所思的经历,在工作方面他还是能做出些成绩的。他曾经到过罗马尼亚的一个庄园,在那儿住了很长时间,回国后为公司的一位大客户写了一份度假村综合管理的计划书。我认为那是他职业生涯的巅峰,也就是从那时起,公司的业务开始增多,他那份自由的职位也就名正言顺了。"

"难怪他总是不见人影。"费琪恍然大悟,同时感叹于人们的工作能力。

"哈,你一直留意他吗?"

费琪害羞地摇摇头:"没有。"

"那你还是不够了解他,他是个大胆、前卫且热爱生活的人,你会见识到的。"

夏秋这么说倒让费琪觉得为难，好像自己过去一年所做的一切均无意义——事实上她好像也没做什么，等待与期望都不过发生在独自一人的夜晚里。而此刻，看着暗下来的泳池，费琪又忽然感到不安，仿佛自己无端闯入了一家富人的别墅里，无所适从。他们究竟还有多少爱好、多少学识，他们会不会成为她真正的朋友——想想吧，阶级的差距是难以逾越的。她明天还要去布兰萨帮忙，徐丽娇接了大量的工作却无法完成，天知道母亲怎么想的，也许那天晚上跟父亲的通话让她魂不守舍。

夏秋打开院子里的射灯，连同泳池池壁的灯光也亮起来了。现在，蓝色泳池变得更加动人，有一种过分清澈的视觉效果，湛蓝的绚丽令人产生漂浮感，哪怕没有跳进水里，也渐渐感到透凉气息的散发。费琪伸直双腿，在舒适的沙滩椅上，缓缓躺下，她看到自己廉价的粉色指甲油有小部分开始脱落了。

如夏秋所预料，夏光耀错过了饭点便不再回来，车子没开出去的话很有可能会喝点小酒。于是她们一同晚餐，夏秋做了两个简单的菜，她在厨房忙碌的时候，费琪又进了一趟工作室，出来时恰巧又走到了夏光耀的房间——至少那是男性的房间，从桌面的摆设猜测。好奇心驱使她探究更多男性的东西，一些隐秘的、私人的、不为人知的小物件或者日记——她满怀期待又紧张地拉开抽屉，一层又一层，除了文具、文件与票证，并没其他能够窥探的东西，直到她拉到一个上锁的大抽屉。没办法，她只好转移到衣帽间，像酒店一样，奢华的深棕色衣柜，里面分了不同的功能区。西服与运动服分别陈列，还有领带、袖扣、棉袜，以及几个不同颜色的旅行包、公文包。就在她觉得要离开的时候，悬挂领带旁边的全身镜让她眨了眨眼，镜身边缘有一块像旋转开关一样的蓝色东西——她已经听到夏秋在喊她吃饭了，但她控制不住去触碰——那确实是个开关。她轻轻拧开，镜子回弹带动侧面的柜门，变成可推动的一扇门，在这扇门后是一个更大的衣橱，感应灯相继亮起，照耀着一排质地非凡的裙子，还有一些垂挂的首饰，金光闪耀。

回到餐桌吃饭时，费琪还是有点疑惑，脑海里只有夏光耀的衣帽间，第一个闪过的念头是夏光耀很可能已经有亲密的对象了——或者是一位长期陪伴却又不在身边的人，就像人们说的青梅竹马，他们不具备真正的爱情，却又能睡在一张床上，这很可怕。还有一种可能是，夏秋（或者是他们的母亲）的衣服太多，占用夏光耀的地方。再不然——她也不知道那能代表什么。这一切似乎充满迷思，一时间费琪不知自己究竟是担心什么。

四

"让你过来帮忙,不要给我偷懒,如果你认为自己很有能耐,就跟老师认个错,回去上学。"徐丽娇说。

"我都这个年纪了还回去念什么?我准备找工作,我不会回去的。"

"这种事也就只有你那个父亲会理解。"

也许事情就是这样的,只有无望的人才会理解,那种失意中的相通。那天下午工作还没结束,费琪就离开布兰萨了。在门口,一辆大巴正前往布兰萨,当天晚上有个晚宴会议,市里一家工程公司租赁了场地,徐丽娇按照大厨的要求准备甜品。费琪在喷泉旁停下脚步,大巴里的人们好奇地往外看,也许他们今夜就入住在布兰萨,这个本镇最大的度假村。

并不是说费琪就要过上多么好的生活,在她这个困惑的年纪,找到喜爱的人并不容易。她想要去找夏光耀,但如果他不在家,迎接她的只会是夏秋,尽管对方很欢迎自己,但她还是见不到夏光耀。她答应母亲来帮忙,也只是因为夏光耀有时会出现在布兰萨的大泳池里。她以为自己找到了接触他的机会,却在紧要关头失去了好运气,但今日太阳好像特别温暖,她十分诧异脑海刚刚闪现的事情突然就降临到现实中,运气在这张时候出现了。

"费琪——"身后有人在喊她,是夏光耀,"没穿泳衣,差点以为认错了。"

"啊,夏光耀!"费琪很高兴,"你最近常在布兰萨游泳吗?"

"有位朋友找我咨询一些度假村管理事务,我来给点建议,帮帮忙。"

费琪笑笑:"我也是来帮忙的,我母亲发疯了,连续几天都来工作。"

"她身体还好吗?"

"反正她睡不着。"

"往停车场走,"夏光耀伸出手搭在她肩上,"我送你。你住哪儿?"

"我住城南。"

"噢不对,应该回我家。我想你跟夏秋已经很熟了,那天真是不好意思,我和朋友在俱乐部看表演,很晚才回来。"

"没关系。"费琪尽可能让自己表现更平静一些。但其实她不说话的时候会露出一点不满的神色,她自己不太知道,以前徐丽娇同她发生争执的时候提到过。

于是费琪上了那辆银灰色的宾利,车内一股香味(更接近女性香水的味道），她小心翼翼扣好安全带，内心开始出现最担心的那种纠葛——男人对她到底是什么感觉。有时她是个不畏惧的猛虎，横冲直撞，主动接触夏光耀那天几乎没有损伤她任何自尊，但有时她又觉得自己寒酸，不配说太多带主观性的话语，怕失礼，怕影响关系的走向。她想知道更多，但如果注定只能成为朋友，这些话问出口就显得愚昧。

"你喜欢音乐吗？"

"我喜欢。"

"听什么类型多？"

"这些我说不上来，对于流派我不是很懂。"

"我会唱灵魂乐。"

费琪很惊喜："真的？"

"当然，但这类音乐的清唱会有一种难以捉摸的怪异，你知道，那需要极其优美的嗓音。"

"那你一定也能唱。"费琪发自内心高兴。

"自愧不如，俱乐部里有很多专业的歌手。你从没去过吗？"

她摇摇头。

"你会喜欢的，相信我。"

当天晚上，夏光耀第一次邀请费琪下水，在他们家那个清澈的泳池里——那是费琪见过最干净的泳池,她相信有人每天清洁水面的落叶,连旁边白色的过渡带都没有显著的污渍,依然雪亮。她没有带泳衣,夏秋为她提供了一套,她第一次穿上相对来说更性感的泳衣,一时为自己的身材感到害羞,不知自己的身段在他们面前会得到怎样的评价。让人意外的是,夏光耀对此赞美有加。

"赶紧把上次那件泳衣丢了吧!"夏光耀说,"相信我,你可以更自信。"

夏秋没有下水,穿着丝质的连衣裙在泳池边晃荡,眼睛也离不开费琪。两个人同时投来的目光让她感到局促。

"肩膀看起来很有线条,现在我相信你以前是一名运动员了,好在你没有用力过猛,你希望自己有那种浑厚的肌肉吗?"

费琪摇摇头。

他们在泳池游了一会儿,更多的时候是沉默,划来划去看似无聊,但费琪知道夏光耀的心开始慢慢笃定。她相信泳池对他的影响,也相信一种直觉是因为男人的回头,在池水中与她相视,像一种珍视机会的凝望。夏秋说,她先回厨房准备晚餐。于是,在只有两个人的泳池里,夏光耀渐渐靠近费琪,将她凌乱的头发慢慢梳到后面,玩弄她耳垂上的银色耳环。她有点怕他弄掉了,因为那是她目前最贵的一对耳环，在池水找东西可不会太容易。她感受着被男人有意无意抚摸的触感，在水中格外温柔，像纤细的海鱼滑过肌肤。

那天晚上，费琪感受到了来自夏氏姐弟的丰富见识，他们能从不同的角度表达观点，他们的阅历——不管是书籍还是游历——给出了更有说服力的事物依据。他们讨论一本小时候母亲给他们阅读的文学作品，里面有个令夏秋难以忘怀的情节，是一位绅士给他的爱人写信，但他当时骑在另一个女人身上，摆动着身子写下他的动情时刻。那种性底交锋的错觉，扯开了真心与肉体的结合，在形而上的问题上完美地避开他性交的错误。"没人会说那是错的，亲爱的姐姐，"夏光耀讽刺地说，"那不过是在你脑海里打转的场景罢了，你被作家的描述混淆了概念，而非真实体验到那种感受。"

"你能吗？男人们的罪行本该被揭露的，如果夫人给他回信时也坐在别的男人身上，那他又会怎么想？"

"我没有提出性别对等的问题，我指的是——也许那种真心，并不是我们所以为的真心。爱的容量那么大，在不同文化中影响的观念，必然会促成多元的爱情。"

"多元指的不是多人，除了某些国家多夫多妻制——不要再转移话题了，小说提出的情节，更多指向一位自称绅士的所作所为是如何一步步伤害女性的。这是你该思考的问题，如果你还认为自己比其他男人更懂女性的话。"

费琪听得一头雾水，尽管她在极力想象那个画面，却仍然难以说出一种看法。她不知道这一切将会发生什么变化，但她明白生活的指向其实更多是因人而异的，如果此刻三个人同时说出某个决定，那她一定是弱势的一方——她觉得自己没能赢得夏光耀的心。但他在池中那些暧昧的举动，又让她觉得他是对她有好感的。

然而，当夏光耀把掉在地上的筷子捡起时，他忽然饶有兴致地看着费琪说："你的指甲油脱落了，需要帮你补色吗？"

五

虽然比不上夏光耀看过的文学作品，但费琪也曾在杂志上读过一个令她记忆深刻的情感栏目小说，是关于一个高学历又漂亮的女人为爱行凶的故事。女人在旅途中亲自杀害自己的男朋友并制造成意外事件，在文章的描述中，她表达了自己的爱异常膨胀，每天都想要见到对方，但对方有许多行为让她难以忍受。她编造了一种过于高昂的爱，又用自我保护的状态去维持这段关系，像是布施戏法，安排终点，目的是阻止男朋友跟外界的女人发生接触。她坦然地说自己也不清楚这是怎么发生的，但对于这一切她并不后悔，还认为自己保留了一份真正的爱，而且永远不会消失——男人的死去带不走感情，只要她还在世上一天，就能持续接受这股力量的支配，去过更好的生活。这是一种能锁住某刻记忆的方法。而在未来，不管她还能爱上谁，这份最初的爱依然会在她心里，她能够得到叠加的爱。"这是大多数人不能理解的。"费琪当时对钱阳阳说。

这则故事最近频繁浮现在费琪的梦里，她想到女性跟爱情的关系，许多人并不能真正释怀。也许夏秋也一样，她指的不甘心可能还有不为人知的原因。谁知道呢？费琪一直觉得，女人的可怕总是被男人激发出来的，直到最近，夏光耀发出的讯号让这一切都变得非同寻常。

起初是徐丽娇的讽刺，在费琪说自己被飞鱼邀请到他家做客的时候，她有点蔑视："你以为你是谁啊？有钱人的把戏能当真？"

"是我主动靠近他的。"

"那又怎样？"

"为什么你总是把关系想得一塌糊涂呢？"

"因为事实如此。"

徐丽娇把蔬菜丢进油锅里,"哗"地一声暂时中断了母女的对话。

费琪并不沮丧,沮丧的是母亲,费琪知道自己的生活开始发生难以预测的变化。她的打扮与行为引起了平静生活中的一些水花,她满足于目前这种未知的状态。她觉得夏光耀很迷人,这没什么不可承认的,她想要得到一份感情,感情不仅仅能让她幸福,还能弥补生活中许多的空缺。

只是她又有点犹豫。不是说她不能去问夏光耀,而是猜不透夏光耀对她的感受处于什么阶段,她的立场有些被动。

后来有一次,夏光耀就真的带费琪去那个俱乐部,她从来不知道在这个镇上还有如此隐秘的地方,在德兴大厦背后一栋看似荒废的旧楼,外面是石灰墙,路面潮湿肮脏,没有多余的地方停车,驾驶的客人只能在附近寻找车库。俱乐部实行会员制,缴足会费才能入场,里面像个清酒吧,有舞台。夏光耀跟工作人员似乎很熟,能直接带费琪进去,有人在她走过的过道上迅速为她戴上一条黑色的橡胶带,夏光耀解释说离场的时候会有人替她摘掉。

落座后,有两位装扮浮夸的女人过来跟夏光耀打招呼,脂粉味浓烈。费琪好像在哪儿闻到过这种气味,好多年以前——但她想不起来,不过,映衬在暧昧灯光下的脂粉香气又与环境十分和谐。

"今天不表演吗?"其中一位女人开口问,声音之粗犷让费琪吓了一跳,是个男人,"后台又有人送来俗气的玫瑰,看来我得改名了。"

夏光耀笑笑说:"爱慕者啊。"

她们甚至没有询问费琪是谁,只是祝她有个美好的夜晚,还顺手摸了她的头发,讨论天然发质的优势。其中一个准备上台,另一个跑到隔壁桌去打招呼。费琪隐约知道这种性质的表演了,因为她看清了女人的五官与喉结。她环视四周,许多衣着光鲜的男女端着高脚杯,或抽着烟谈话,更多是像从城里远道而来的人,她的局限让她不得不承认对此有些惊讶。当她想要开口询问时,夏光耀暗示她看向舞台,有人要表演了。

灯光聚拢到舞台上,看不见的主持人说了几句夹带英文的开场,接着便是刚刚那位摸她头发的女人(男人?)上场。她妩媚的出场令观众叫好,优雅的体态裹在紧身连衣裙里,步伐缓慢地挪到麦克风前。当她开口时,费琪更是难以分辨她的性别。深红色的高跟鞋、蓬松的波浪卷发、略夸张的妆容,骨架更为男性,手势却又更为女性。她的声音传达出一种缠绵的曼妙,不过分高亢,转换气息时，低沉的嗓音控制得很好，让人迷醉。费琪不知这是好还是不好，但她显然被这种怪异的审美吸引了。

"这就是你说的灵魂乐吗？"费琪轻声问道。

夏光耀伸手过来搭在她肩上："加了点爵士，你听过这首歌吗？"

费琪摇摇头，转过脸来的时候，夏光耀已经向她凑近，一只手托起她的下巴。对方的舌头让费琪变得轻盈，持续搅动的攻击让她无力招架，索性软下肩膀。身后依然流淌着歌声，她听到了女孩为离去的男孩而忧愁的伤心歌词，有时灯光会晃到她身上，闭着眼她能感受到眼皮上的炽热，仿佛自己处在舞台耀眼的中心。

鸡尾酒的醉意在他们离开的时候达到了峰值，费琪知道接下来要发生的事，她丝毫没有拒绝的意思。她听到男人温柔的呼气。车子泊在半路的一块草地上，距离路灯有些远。"喝酒不好开车，我得歇歇。"夏光耀说，并下车把费琪从副驾驶抱到后座上——从某种角度来看，费琪知道这样的男人不够负责任，假如——假如他再多一句问候，多一句关爱，问她是否愿意，她也不会觉得这个男人坏到哪里去。但那天晚上费琪的情绪十分高涨，她觉得这是她过去努力得来的一个男人的回馈，她不想有任何闪失。当男人扑在她身上时，她又闻到了那熟悉的味道，像俱乐部里的歌手，像那年海边吹来的味道。她睁开了眼睛，看见头顶摇曳的树叶，还有车窗外的月亮，夜空把他们卷入深深的光和流动的暗影之中。

六

清晨醒来时还很早，费琪发现床边的人不在，空荡荡的，白纱窗帘的缝隙透进一些蓝色的光，天像刚亮的样子。她再次注意到夏光耀的衣帽间，蓝色的开关已经被拧开过，在一排整齐的衣服中，有一只衣架孤零零地悬挂在中间，留出一道明显的空隙。她把手伸进空出来的那个位置，衣服质感舒服，随着手臂轻轻吸附，像静电，像抚摸。接着她听到渐渐靠近的高跟鞋声音，清脆、危险，她开始紧张起来，不知该怎么面对接下来的一切，在她慌乱的时候，夏光耀就开门进来了。

他脸上拍过粉，与脖子对比色差明显，睫毛又弯又浓密，还有口红，一时让人感觉惊奇。裙子脱到一半挂在腰间，上半身露出的肌肉与脸上的彩妆让费琪觉得突兀，但她克制了自己有可能发出的尖叫。

"怎么样？"夏光耀声音温柔。

怎么样？他是神经病，还是觉得她早早知道？他怎能这么随意又毫不在乎地问她怎么样?她甚至不知道此刻意味着什么。

"啊……"

"啊什么呀?你没在梦里。"

很快,门外又传来更急促、更繁乱的脚步声,越来越近。夏光耀似乎意识到不妥(或者他熟悉这把声音),想要关门却来不及了,一双与他穿着几乎一样的高跟鞋踏进了房间。一个女人直接冲到他们面前大喊,她没干什么,但还是摆出了来势汹汹的姿态。

"刚刚睡过吗?这就是你给我的答案吗?"

"桃子,你干什么?把手放下。"夏光耀命令道。

这会儿夏秋才冲进来说:"没拦住……"

不知怎么的,夏光耀忽然将手里的假发轻轻套在头上,这举动一时间让大家无话可说,就像四个女人挤在一起,房间无尽地旋转,让人不知所措。

"别戴了。"桃子伸手摘下夏光耀的假发,扔到地上,"你故意告诉我说你跟别人睡了,难道不是为了希望我原谅你吗?"

夏光耀把假发捡了起来,说:"那你会原谅吗?"

"至少给我一个干净的空间吧。"

"我没想要得到你的原谅,我只是坦诚地告诉你这件事。"

"那我们就该好好谈一下。你不想谈吗?"

费琪觉得自己搅和进来似乎很不妥,但无论几时想要插话都被他们打断。

"你不想谈谈吗?"桃子又强调了一次。

费琪似乎听到了一种心碎的声音,她不知道这个女人跟夏光耀有什么矛盾,至少当时,她觉得他们两个的关系已经分崩离析了。一方的出轨似乎是故意让关系破裂,让自己成为讨厌的一方,好惹怒她、得罪她;另一方则在得知后,以气愤和冲动体现自己仍然在意这段关系,并找到他希望能好好谈谈来决定自己是否原谅他、宽恕他。费琪惊讶地看着桃子,意识到对方比自己可能更爱夏光耀。桃子并没有因此辱骂费琪,只是在没得到夏光耀的答复之后,平淡地看了费琪一眼,转身离开了。高跟鞋凶猛地踩在地上,像另一个隐藏的夏光耀。

夏秋告诉费琪要先冷静。但再三犹豫下,费琪还是冲了出去,在大门外及时拉住了桃子。

"我不知道你们结过婚,真的对不起。如果一早知道,我不会介入的。"

桃子冷漠地看着费琪。

"我们没有真正结婚。"夏光耀追了出来。

马路上只有他们四个，以及女人随意停放的红色轿车。

"他们没有真正结婚。"夏秋又为费琪确认一遍，"不过，他们确实在海边举行婚礼，叫来了一些亲朋好友。你们三个为什么不坐下来谈谈呢？"

"很抱歉，让大家都失望了。"夏光耀说。

"反正也不是第一次了，你从来没有要跟我谈的意思。"桃子对夏光耀说，"那些幼稚的誓言早该被海浪卷走。"

费琪忽然感到心痛："你们是在海边结的婚？"

"那不是真正的婚礼，"夏秋说，"但场景很棒。"

费琪很想告诉他们，她也曾看过一对新人在海边举行婚礼。她转身看着夏光耀，忽然——就一瞬之间，对上了一些踪迹——黑暗中声音沙哑的女性，扶着她离开海浪的结实臂膀，独特的女性香水味——费琪必须承认自己的愚蠢，直到昨天为止，她从来没想过性别的交替。

"现在的年轻人啊，都喜欢在海浪边宣读誓言。"夏秋又接着说，"但话说回来，你能接受夏光耀的女性装扮吗？"

费琪想要回答，但她说不出话，身体变得软弱无力，双腿还开始发抖。除了根本没睡多久之外，她还没从夏光耀的打扮中清醒过来,他颧骨上淡红的妆容时不时让她感到不安。并且,她觉得她听见了一把来自上帝的声音,就在此刻,在他们谈到海滩的婚礼时,通过夏秋进行了重要信息的传达。这诡异的真相让她失神。

"我能问你们在哪个海岸举行的婚礼吗?"费琪在桃子的耳边悄悄问道,嘴唇哆嗦。

她得到了回复,痴痴地回想那一场海边上浪漫的婚礼。

"是八月吗?"费琪又问。

桃子点点头,似乎见她可怜,也凑近她耳边阴阳怪气地说:"他不会爱上你的,他真正爱的是身为女性的那个他。他从你身上索取某种女性的特征,赞美你、感受你、贪图你,以此来填补他缺失的那部分。"

过去,费琪从未想过自己的一次试图勾引(但她确实喜欢过夏光耀)会换来另一个结果的出现。这件事不像情感对谈,也不像预谋事件那样去做决定,如果能写出来,兴许比任何她在女性杂志看到过的都精彩。她想起前几天家里种的竹芋死了,但她没有觉得可惜,跟去年死去的红精灵一样,只是叹叹气,把它从极其旺盛的绿萝旁边拿走,扔掉——就像此刻,一种失落感莫名其妙来袭,如同在黄昏或者暴雨的下午,在台灯发烫的夜晚,内心无尽地下沉。城市的灯海或小镇的繁星,她都从未特地去留恋什么,但她清楚很多事情都要经历取舍,哪怕她没有完全丢失某一部分,然而,谁都清楚这样一种状态是在这得失之间被迫所做的决定,而非内心的愿景。现在,有很大一部分原因是出于某些过于明确的事件,还有一点恶心感,一点自尊成型的构想与实际生活相差太大的困惑。这么多年来,费琪一直以克制的心态去忽略那次侵犯,她把新生活与新力量寄望于夏光耀的出现。却没料到,妄念其实都是虚设的,它让人蠢蠢欲动,容许了危险充斥在她的时间和空间里,凝结成一种巧合的伤害。

真相已经浮出水面,不攻自破。在夏光耀的身后,蓝色的泳池正接受朝阳的闪耀,像某种强劲的药效,令人迷醉。

费琪一直沉默,他们也一直沉默着,等待一个从她口中说出来的结果。但她开始意识到自己进入了死角。就在刚才,在桃子钻进车子离开后,夏光耀逐步靠近费琪,并轻吻了她的耳朵,她再次被那股味道警醒——在昨夜亲密的车上、在俱乐部、在过去被侵犯的那一夜——她已经在心里将它们接连起来了。她看着夏光耀重新戴起了假发,如果——如果她能再聪明一点、再世俗一点,甚至接触的男人再多一点,兴许就会猜到男性荷尔蒙与脂粉混合的气味。它不难闻，也不特殊，表面的浮粉可能是香甜的，但只要你更仔细一些，就会闻到一种蒸发的汗水、燃烧的皮革、某种动物肝脏的血气，甚至还有劳丹脂与酒精的后调，像引人犯罪的诱惑男香。更讽刺的是，她过去一直在追寻夏光耀、等待夏光耀，却在情感引导的不经意间，在气味加持的惊慌里，在令人惊讶的机缘中，发现了真正的他。

午后进入我房间

风　景

一

　　家里人都很难相信仁美还会搬回这间老屋里，狭窄，阴暗，墙壁灰黄。客厅朝南的窗户尽管很大，却因为外面一棵高大的秋枫树遮挡了主要光源。虽说晴天的时候有些零碎的光斑很漂亮，然而每当遇上狂风暴雨还是会被这些枝叶婆娑的声音吓到。不过仁美常常会对这解释说秋枫树有很强的抗风能力，这没什么不好，有时她也坦白自己到了这个年纪，住在还有院子和大树的老房子非常合适自己（确切地说只是门前有个小型的入户花园）。

　　时隔两年，大概差不多过了半个春天的时候，仁美再次回到这里。先前她回来过一次，本以为一天两天可以缓解心里面的执拗。可是这个小城市呀，从结婚开始，两人便一直生活于此，直到范征信去世后她才躲开，远飞一个家里人从未听过的地名。两年间，那些情感记忆从潮起潮落到蜻蜓点水，难过与释怀在心里反反复复，于是当初逃离的初衷也败下来了。她一个人又搬回来，继续面对生活。虽然一直都打算要抛售，可是当真的想要去做这件事的时候往往发现自己不够决绝。不过可以肯定的是，她意识到时间确实能让一些伤痛削弱。

原来的邻居在仁美回来好几天才看到她，惊讶地上前握着她的手，说很为她的事情难过。仁美有一瞬间想不起她是否真的跟她好过，只记得她曾经帮过自己很多。但是关于她到底是不是一个好人，仁美始终保持怀疑——特别是在离开的这两年，脑子已经不好使了。

"我是很想陪你度过那段时间的，我知道一个女人要谈起这种事不是那么简单。可是那阵子当我从孩子家回来你都已经不在了，甚至我都来不及打声招呼。"

这位叫咏恩的女人，同自己年龄相仿，发型也相近。她有一个在外地念书的儿子，很少回来。关于咏恩，仁美印象最深的一次是她在厨房不小心碰掉了水果刀，砸在脚上几乎要了她的命（她是那么说的），刀口在脚背上划开了伤痕，血红色的东西让她抓狂。那天范征信还没回来，她隔着窗户朝外喊咏恩。咏恩为人体贴，小心翼翼地帮她包扎起来。"好在不是一把什么又重又锋利的刀，否则你的脚要废了。"咏恩说。仁美认为那是一件突破普通邻居关系的重要事情。

"你到底去了哪呢？我以为你就这样走掉，现在看见你回来我真是太高兴了，我不会随随便便说起你伤心事的，过去两年你一定很难受吧。"

重逢的感觉有些惆怅而温暖，两个人的感情又似乎出奇地好，就像失去了生命中的男人之后让仁美得到了其他方面的补足那样。而她也从未想过咏恩会持续热心，毕竟现在已经很少有人会持续某一种特质了，这很难得。

二

隔天午后咏恩邀请仁美到她家里，中途她用奶粉与咖啡粉混合冲了小半壶，仁美也不喝。"这些东西喝了我受不了。"她说，因为时常失眠的缘故。后来咏恩发现仁美将她喝咖啡的杯子洗净了，跟从前一样，挂在杯架子上。但是仁美不知道，咏恩现在已经不那么做了，而是将喝咖啡或奶茶的杯子放进一个透明的方形托盘里，大概是从她丈夫很少回家以来开始。

在咏恩煮姜蛋汤的时候，仁美一直坐在沙发上看电视，电视声音也很小，甚至听不见声音。她刚才还吃着葡萄的，现在也不吃了，时常用手去触摸膝盖，像是受过伤。总之咏恩在厨房忙的时候总会探出脑袋去看看仁美，好像她一个人会发生什么似的。

"再有半小时，阿宗就回来了。"其间咏恩从厨房出来，嘴里吃着什么，吧唧吧唧嚼了好久。

仁美轻轻点头。

"亲爱的，"咏恩像是用一种试探的语气，"现在有后悔不要孩子吗？"咏恩这么问，仁美心里竟犹豫了，这个从未后悔的决定忽然有了闪失。

"我没有别的意思。"咏恩补充道。

"要说后悔也不至于，平日看见大家都有孩子的话，心里也会替大家高兴。"仁美这么说，心里又好像好受了些。

"要我说，没有孩子真是明智的决定。"

话一出口，仁美多少也懂得她的意思，问她是否因为孩子花去了太多时间，她说不是的，是因为孩子，她与丈夫之间一直没有一个了断。

"这半年来我们都没怎么说话。"咏恩脸色沉了下来，好像说出这句话需要极大的勇气，可她表面还勉强装作自己已经看淡，也不着紧，"他对我还有没有感情我实在说不清，我们之间除了日常问候，基本不会有更多的细枝末节。可是这些时日啊，我猜他也同我一样，因为孩子，他才没有离开我，也因为这个维系，我们变得更加莫名其妙。"

"是发生什么了吗？"

"没有，什么都没有。能发生什么？不能发生什么。孩子在外面念书，家里很安静，阿宗这半年，或者说这几年，都比任何时候更沉默，现在干脆也不声不语。"

仁美思考了一会儿，说她希望咏恩能找到自己想要的生活。她也不知为何说出这么一种不负责任的话，大概是范征信过世后短短两年内的日子让她习惯于要表现成熟。她觉得这其实也无所谓，婚姻不合的事情大有的是，不过没有人会这样鼓励一个渐渐失去爱情的女人。事实上，她更怕的是咏恩会让她给建议，或者是去接触、去追踪她的丈夫有没有婚外情，试探他是否有难言之隐，诸如此类。不过，显然是仁美自己想多了。

"阿宗这么久都没有回来的话，"咏恩看了看墙上的闹钟，电视新闻也都在滚动字幕了，"我们先吃吧。"

后来两个女人聊了很多事情。餐后又醒了半瓶红酒，叫了两份甜品外卖。酒精的效用让仁美隐约回到从前的状态。那时范征信还在，阿宗与咏恩还很缠绵，重阳的时候四个人一起去了附近的小山登高，平日的周末也常常结伴出门。现在想来，仁美才意识到要为今后的生活打算，而不是逃走了两年又无所事事。她与咏恩探讨了一些婚姻的事，感慨人生哀愁的过往与捉摸不定的未来。多喝几杯之后，又放下脸皮讨论性事。即便没有喝醉，但兴奋的样子连仁美自己也不曾预料。

咏恩在客房换了床单，让仁美今夜留下，她表示阿宗如果过了这个点的话就不会回来，她也厌倦了这长年累月的孤单夜晚。这样到了晚上睡觉的时候，因为想要聊天但又不得不离开自己的房间，于是两人都躺在客房的同一张床上。咏恩钻进被窝时也没有开口说什么，那感觉有些微妙，好似一种相依为命，两人之间忽然有了一种更深的关系，像亲切的老友，即使话题断掉也不会尴尬。她有点恍惚。大家俨然不再陌生，两年的空隙用一个晚上就可以追回来。不过仁美发现咏恩现在说话不那么刁钻了，当然她的本质是友善的，最大的变化是语气柔和多了。

三

翌日早上仁美起来的时候，咏恩还捂着被子，睡姿夸张。她轻悄悄地走动，避免动作发声，到厨房烧了一壶水。其间又走进他们夫妻的卧室，逗留了一会儿。她在床沿边坐下，发现床脚还有忘记收拾的男士内裤，心里忽然紧张起来，猝不及防地，好像在胸口受了一击。她不得不承认是自己太久没有与男人同床，忽然羡慕咏恩还有这样的福气，尽管他们很有可能濒临破裂。她按压住自己的胸脯，先是用脚趾去碰那条内裤，下一秒她衍生了想要去闻的羞耻心。那会儿窗帘被风吹动了，她警觉地站起来，庆幸风儿唤醒自己，为此重重地呼出一口气。

床头的台灯上挂着一串蜜蜡，太熟悉了，她不可能忽略这件饰品。应是好些年前的事了，咏恩生日的时候邀请他们，仁美不知该送什么，范征信提议将那串送给她的蜜蜡给咏恩。"反正你也不喜欢。"他这么说，好像丝毫不在意转送的避忌。仁美犹豫了一阵，觉得那蜜蜡是从缅甸买到的珍品，但又不想显得小气，不说的话咏恩也不知，最后也这么决定了。

仁美记得咏恩非常喜欢这串蜜蜡，当时她戴在手上试了又试，连声道谢。现在重新端详这串蜜蜡，竟然一尘不染，完好无损。仁美惊讶地发现咏恩将它保存太好，甚至过度呵护。她轻轻抚摸着，拿起来很快又放回去，生怕咏恩忽然醒来。

他们的这儿与她的房子格局相近，到底也是同一排的小屋，都是年代久远的老房子，不过他们有更好的装潢。仁美拉开窗帘，从客厅的窗户看不见她家门前秋枫树的树干，但抬头的时候能看见它摇曳的枝叶。马路上只有去上学堂的孩子与开了门的早餐店。天气太好了，初夏的清晨温度适宜，还能听见鸟叫。仁美因此而发呆了好一会儿，直到听见门口有人走进来。

"楚仁美？"

是阿宗。仁美有些恍惚，名字到了嘴边却说不出来。她起初还没想到自己穿得可能不太得体——是从他眼神的打量意识到自己穿着咏恩的睡裙，一件洁白的蚕丝睡裙。继而她又想起刚才在床边那羞耻的想法，尴尬地抱着胳膊，尽量若无其事地向他露出善意的笑容。

"好久不见。"她说，恰好厨房传来声响，"水开了，我去关一下。"

仁美正要去，阿宗说他来就好了。她看着他走进厨房，便说："咏恩还在睡觉呢，抱歉，我进去换上衣服。"也不知对方听见没有，转身便关上了房门。

仁美从地板上找到自己的衣服，那上面还沾有昨夜的甜品，她扬起来甩了甩，直接换上。

"醒醒，你先生回来了。"

咏恩没有对阿宗回来的事说什么，只是叫她留下来吃早餐。仁美说她家里还有些糕点，再不吃就浪费了。"那正好，"咏恩掀开被子，看看周遭，仿佛对客房有些陌生，"把糕点拿过来，我这边还有一些果子，可以榨汁呢。"

仁美当然不太想打扰他们，但是经过客厅的时候阿宗正在为猕猴桃削皮，旁边还有一堆橙子。他也劝她留下来吃早餐。于是当她回去换了一身干净的衣服时，顺带着糕点过去了。这当然不是第一次跟他们吃早餐了，只是范征信不在的话，仁美知道局面会过于冷场，特别是昨夜才得知他们两人感情发生了变化，而如果咏恩不开口，仁美与阿宗也不会急着说话。不过现在的阿宗令仁美有些意外，她以为阿宗与咏恩的感情到了这段冷漠的份上会显得静默，不过他还是像原来那样轻快，还关心起她的近况。她起初有所保留，慢慢地阿宗似乎打开了她的心，加上咏恩在一旁的附和，关系并没有她想象中那么糟糕，谈话也变得自然起来。当然了，她所熟悉的这对夫妻远比现在更热情，她看得出他们之间有隔阂。

四

礼拜五阿宗下班回来，在院里泊车。那时仁美正蹲在自己院里清除杂草，多年未曾打理，有些麻烦。阿宗还没发现她，只是下车后点了一支烟，站在那也不走动。仁美挨着围栏看着他的背影。她意识到自己危险了，特别是得知阿宗跟咏恩不再怎么说话之后。她想要刹住这班车，可是盯着他的时候身子却怎么也挪不开。

"刚下班回来吗？"她忽然从草丛中稍微抬起脑袋，也不知道自己为何会喊出口，明明心里格外紧张。

"抱歉啊，我没发现你在这。"

"没事。"

阿宗看起来有些羞涩，他回头看见仁美的时候心情莫名好起来。不知为何，他感觉仁美回来以后给他的感觉都变了，是不是范征信去世的缘故（这么说也许不好），他认为仁美有些楚楚可怜，看起来虽然疲倦但很动人，像那种真正经历过事情后的洗尽铅华。

后来是他的电话响了，才意识到自己失礼。他拿起电话看了看，仍在不停地响，但他不去接，看起来有些刻意。他讨厌有东西打断他。

"老范走了之后，你一定很难过吧？你回来这段时间，其实我都不敢轻易提起这件事，怕你太伤心，可是不说的话，看起来我毫不关心又冷血。"

仁美知道说"很好"或"不好"都不是诚实的状态。过去两年已经有太多人问了，因为当时也已经不在这，电话上、邮件上常常收到朋友与亲人的问候。她状态好的时候也会一一回复,说她没事,不用担心。但真正关心的人其实不多,他们不过惯例地问问,以免丢失自己长期维护好的体面。她也留意到阿宗给她传过讯息,让她节哀。

"两年不长不短,要说不去回望跟他的那些时日,是假话,但坦白说,"仁美认为自己真的是在坦白说,"要完全放不下也是假的,走都走了,变的也该变了,人总要有生存欲望,一种新的生存欲望。可是说到生存,就必然还会有情感追捕,所以过去的执着与难过总该告一段落吧。大概这是我脑海里对范征信走后的感悟,我是认为不偏不倚,别人怎么看就不得而知了。"

阿宗慢慢走到仁美这边的围栏边上,样子看起来是在深思熟虑:"我很赞同你的想法,真的,要说伤痛会持续一辈子我是摇头的。当然了,我知道你一开始也肯定很难熬。"

仁美知道自己从不流露太多痛失丈夫的心绪,每一次有人提及范征信她其实都控制自己不要太过悲伤。可是此刻,在阿宗面前,她发现自己并没有刻意去控制这一切。她有些诧异,究竟是对阿宗真的有了某种好感,还是这两年关于范征信的话说过太多次而麻木?

那会儿正值傍晚,初夏的斜阳暖烘烘的,洒落在小院里非常曼妙。她抬头看了看头顶的秋枫树，没有再说范征信的事。过了好一阵，眼见阿宗一直匍匐在围栏边，才意识到该请他进去。

"进来坐吧？"她放下铲子，脱下手套，裙子上都沾有泥巴。阿宗指了指，她摆摆手："不管你是否进来，我都要进去换件衣服了。"

"你该穿上工作服。"

阿宗见时间尚早，便也进了屋。他在客厅坐下，想要抽烟，但一想起老范不在就放下了。他很久没到这来，尽管住在隔壁，是自从范征信走后，就没有机会进来，那感觉忽然有些伤感，好像什么东西都稍纵即逝。他那时还问过咏恩他们是否要"照顾这位邻居"，可是仁美及时消失了，来去无声，好像丝毫不在乎旁人。

仁美替阿宗倒了杯水，他问她是否考虑过将房子的墙壁重新刷一遍。她则表示自己刚刚回来，什么都没想过，但经他这么一说，翻新一下看来也是个不错的建议。

"我正好有朋友在做装修，如果你需要，我可以跟他联络下。"

"看来你是替朋友推荐生意。"

"噢，不，不，"阿宗忙着解释，"当然不是，我只是想着你现在一个人住，房子更亮色一些会没那么孤单。"

仁美笑了笑，接下来两个人都没说话，好似话题要接驳回去就必须找些什么共同的话题，而不是讨论关于孤单这一类的事情。但那一刻，阿宗只是静静看着仁美。他发现自己后知后觉，他从来不知道仁美这么好看，有些同情她现在的处境，私心里也庆幸她现在自己一个人。

仁美被他看得有些不好意思。她当然也看到阿宗的好，一表人才，为人体贴，即使两年未见也不是咏恩口中的冷漠无情。可是仁美害怕自己对阿宗上心。他是咏恩的丈夫，又是范征信的老友，况且自己失去另一半才两年，这很危险，显得自己无情，又多情。当然，倘若情感有一天压抑不住，她会将这归纳为天性焦急，这么说勉强过得去。她不经意打量起阿宗随意解开两颗纽扣的衬衫，心中也念起前些天想要去闻那内裤的想法，脸蛋瞬间红了起来。这是她三十多年来都不曾有过的想法，即便是从前范征信的贴身衣物，收下时不过看看晒干了没，那习惯再自然不过。

她在想，如果此刻她随便说一句什么，或者阿宗表现得更暧昧，很有可能下一秒他们之间会发生什么。但下一秒什么都没有，连错觉都没有发生，只是咏恩出现了。

"仁美，仁美啊，你在家吗？要不要过来吃饭？"

因为门没有关的缘故，咏恩直接走了进来。那场面当然是奇怪的，无论他们当中的谁，眼神都不真诚。阿宗与仁美之间只隔着一张茶几，咏恩见此景不好断定他们就会发生什么，万一多疑了那脾气便发生得毫无道理，阿宗只会更讨厌自己。

"你回来啦？我都不知道你今天回来吃饭。"咏恩说，语气有些轻佻。

阿宗没有说什么，双腿不自觉地打开，又合上。倒是仁美想要替大家圆场，她知道他们两个之间一定不会沟通这些问题。仁美起身，用手将裙子上的泥巴胡乱抓了一些，绕过茶几时趁机揩在阿宗的大腿上（好在地方够窄，还能遮挡住）。她差点碰到他的胯下，阿宗双腿又合上了。仁美心里有些失落，明明没有对不起咏恩却要用这样的举措去解释——她也不知自己为什么要这样做。

"刚才我在院里除草呢，就一小块地，我得留空给那棵秋枫树。刚好阿宗下班回来，我问他能否过来帮帮忙。太久没打理了，杂草都长到我膝盖。你看，阿宗裤子上也都是泥土，你该帮他洗洗了，我也真是不好意思。"

咏恩目光也投到阿宗的裤子上，阿宗难免又不自觉地稍微打开双腿。

"当然要洗了，他只会丢进洗衣机洗，把全部衣服都弄脏。"咏恩语气平淡，但还是听得出她对阿宗的在意，

"那正好,他帮你忙了,你过来吃饭,今晚我准备了很多菜。"

仁美答应了,被咏恩牵着走说过去帮忙。她回头看了一眼阿宗,他也站起身,摊开双手,有些无奈的意思。他表情有些古怪——更像是庆幸仁美给大家台阶,但仁美觉得他的表情意味深长。晚餐当然不自在,但也说不上很尴尬,因为仁美在的缘故,阿宗与咏恩偶尔还会相互搭上几句。总之这是目前为止还不算太坏的处境。仁美到厨房舀汤时,希望自己对阿宗不会抱有太多欲望,她知道一旦发生了,这一切都会彻底改变。她讨厌外来的声音困扰与毫无道理的更变,而自从范征信走了之后,她常常祈祷接下来冗长的人生只有清静。

五

这屋子位于老城区的地方,离市区还有一小段距离,附近一带到了夜晚就非常静谧,甚至有些过分。有时从黑暗中醒来,仁美会感到难过,具体要难过什么她自己也理不清,那是一种疏离的、带着莫名低落的情绪,特别是在半夜里。于是她常常在深夜推开窗户时思考类似于一个人住在这么一个家里还有什么意义的追问,偏偏窗外的风景却看不到——必须走出去，否则只看得见这棵大树与一小片土壤。

房内设施陈旧，不过好在家具也都坚固，不见得非换不可。前段时间阿宗提议她可以将墙壁重新油刷一次，那会让房子看起来更新净一些。她最近在想这件事。

家里院子的杂草被仁美清理了大部分，她重新划开了一些区域，准备种点什么好看的。以前他们看中这里，便是因为这棵秋枫树，范征信吩咐那些人不要把这棵树清走，他们都知道并如此深信它会长大，并越来越茂盛。院子前方是这个社区的道路主干道，路面环境很干净，沥青减弱了车子驶过的声音。背面是别人的房子，楼房之间的小巷最大只能通过三轮车，再往里面走的石板路还经常看得见青苔。后面有一条小溪，两座小的桥墩尚算坚固，少许偏僻的人家会跨过那座小桥，到市集去。那条路她也走过，同范征信恋爱的时候还常常站在桥上，他总是说流水声很温柔，喜欢跟她一起聆听。仁美想起一本叫《空荡荡的家》的书，一位爱尔兰作家书写亲缘之间的精妙小说，即使写得跟她完全不是同一种状况，此刻也还是能体会那种孤寂的无助感。

不过，除去偶尔怀念从前的事，当下生活还不至于绝望。当然不会绝望，她已经明了生活的随遇而安（她是这么安慰自己的），至于做不做得到，是另一回事。

日子看似尘埃落定，不慢不紧，好像根本不会发生什么。咏恩跟阿宗时常过来邀仁美一起进餐，渐渐她也习惯了，便没那么拘谨，有一种找回了范征信去世之前对他们夫妻的依赖，一种溢于言表的良好关系。有几次咏恩也同自己去市区里购物，仿佛这辈子除了咏恩她再也遇不到这么好的朋友了。但另一方面，仁美知道自己并没有那么轻易就能脱离对阿宗的幻想——即使承认这件事让自己觉得很羞耻，但还是曾在清晨的时候暗自发笑，有些莫名的甜蜜与嘲讽。她当然想知道阿宗是否对她有同样的感受，可是在跟咏恩的关系变得愈来愈亲密友好之时，乘虚而入实在会令大家难堪。一直以来保持着良家妇女的习性，理所当然她会按压住内心，也许保持一种神秘也很不错，至少在目前来说。

六

在医院里，咏恩说她今天一点胃口也没有。大概是天气的缘故，又没注意饮食，喉咙有些发炎，医生开了小瓶药水给她吊点滴。是过了中午之后，仁美陪她来的，她说早上跟中午都没吃东西。出门时又有些抱怨阿宗，说他明知道她有些不舒服，也不多关心一下。"临睡前他问我好点没，要不要喝点蜂蜜水，我说不用了，那会儿已经困得不行，只是喉咙疼得我难以入眠。可是早上醒来，他就不在了。"咏恩还是有些任性，小姐脾气到了这个年纪也还在的话，仁美猜测她大概是没有吃过太多苦头，或者那种真正经历过生老病死的感受。虽然她也不想装过来人，但这么一点小事她认为咏恩其实不必这么着紧。

"阿宗只是需要出门工作，并不是说他就不关心你。"她还想说他们的感情没那么糟，可是一说到他们的感情，她自己就缩了回来。

小医院里有些冷清，坐着几位打点滴的病人，来来去去的只有护士跟病人家属。大家坐在一个小厅里，看着电视播放着毫不吸引的连续剧，偶尔抬头看看自己的药水还剩多少。

"反正生活都是那样。"咏恩有些失落，也仰头看着那瓶药水，迟迟不动。

后来她们去了一趟菜市场，买了点煲粥的食材做晚餐，又到药房买了些川贝百合。回到咏恩的家里，仁美便走进厨房忙起来。咏恩在沙发躺下，诉苦着生病简直是扼杀一个人活下去的欲望。

"上一次喉咙发炎已经是五年前的事了，我知道自己体质不燥热。"

仁美发现她现在不仅仅不刁钻,还学会感慨,出门时的小脾气是因为自己生病了而丈夫却不那么体贴,多少有些不满。

"你确定你们之间没有发生过什么吗?"仁美说,插上电磁炉通电。

"你想要说什么?"

仁美走出客厅,摇摇头:"只是不清楚你们为何变得冷淡,要说婚姻持续太久而失去感情,这可不太合理。"

"没有。"咏恩想了想。

"这中间发生了什么?又或者是你忽略的事情?我认为阿宗不是那种会忽然失去情感的人。"

咏恩没吱声,只是将医生开的药就着温水吞了下去,又重新倚着沙发,样子十分脆弱。"我儿子下月初回来。"她转移了话题,慢慢闭上了眼睛,连声音都随着眼皮淹没下去。

仁美轻轻应了一声,那会儿窗台有些阳光,她再次被外面的风景吸引住了。宽敞的沥青道路就在院子前方,路边新修剪的灌木非常整齐,斜方路口还能看见其他的楼房。她喜欢这种感觉,这种同自己家里完全不同视觉的景色。但是另一方面,她也怀疑自己是不是因为真的喜欢阿宗才过于留意一草一木，这样的景色在多年前她也不是没看过，只是那感觉来得不浓烈。

咏恩大概睡着了，仁美起初只是想着给她拿一张毯子，然而再次走进他们的卧室，心里又被什么敲了敲。她当然还会意识到羞耻，但羞耻已经发生过，厚着脸皮继续似乎也何妨，这念头鼓足了她悄悄拉开衣柜门。是咏恩的衣服。于是再到拉开另一扇——清新的带着青草香皂的气息扑鼻而来。衣服的划分区域井然有序，整洁而有质感，便衣与居家服都不花哨，领带与西服的颜色也显得非常绅士。自然地，仁美看着内衣裤有数十秒，这次她同样非常紧张，她当然会紧张，这可不是什么好听的事。她知道自己三十多年来都不曾有过这样的举动，居然还会第二次浮出这想法，并且自己允许。要说那感觉同偷窥有何区别，她认为没区别，都是一种隐秘的癖好。可是她并不想仅仅因为两次的潜意识驱使而承认自己有这癖好。

她深深吸了一口气，抽出一条阿宗的内裤，犹豫了那么几秒，紧紧捂在鼻子下。

可是在这不雅的动作之间，仁美找到了一种久违的亲和感，阳光、潮湿、肉体、爱恋、糖分，她能够想到很多词，但她想不到什么精准的词，像蜻蜓飞过雨后的屋檐，像腐烂的青灰色橘子皮，像天光时分渐渐退散的幽暗。

午后进入我房间

她心里鼓动着，一阵恍惚。她问自己回来这是不是一个正确的选择，可是自己的家在这，为何要动摇？对身体的渴望与精神上的感情是否在此刻达到一致？到底阿宗哪里产生了让自己在重新审视时得到了一种缠绕着她的魅力？荷尔蒙作怪吗？

正当仁美这么想的时候，屋外传来了声音，她赶紧将内裤放好并拉上衣柜，走出卧室。她回到客厅的窗户探出脑袋，同阿宗的眼神撞上，他的车子已经泊在院里。

"你来啦？"他说，好像早已知道她会在屋里，那语气都像极了男女朋友，如同这是他们的一个约会，而他迟来了。他脱下西服外套，点了一支烟，微笑着站在院子，没有走进屋里。仁美回头看看咏恩，重新回到卧室翻出一张毯子给她。

七

"她生病了。"仁美轻轻带上门，站在台阶上。

"我知道，"阿宗扬扬手里的烟盒，"要来一支？"

仁美摇摇头："看见她喉咙发炎，我意识到自己也要保护好嗓子，特别是现在，一个人生活更要注意身体。"

"是谁说抽烟会坏了嗓子？"

"只是避免。怎么,老范不在了,是厌倦了没人跟你一起抽烟的感觉吗?"

"倒也不是说抽烟要有伴……她没事吧?"

"中午陪她去了一趟医院,刚才吃过药就睡了。厨房里我正熬粥,定了时会关火的。"

"麻烦你了。"

仁美想说这不麻烦,但她只是笑笑,低着头。院子本身很小,还停着车,仁美越过阿宗时尽管侧身也还是挨得太近,那股方才让她身体浪潮翻滚的青草气息在他身上特别强烈。她故作镇定,在那张石板凳坐下来。天色还没暗,夕阳余韵,还有微风习习绕过耳边。

阿宗抽完一支烟,也在石板凳坐下。

"你有婚外情吗?"仁美想过好几次要亲自问阿宗,但也都只是想着。这话怎么听都有点唐突,她自己也没料想过就那样顺口而出。

"怎么?"

"如果你不想说,可以不说的。"

"不,没有,我没有,我怎么会有婚外情?公司里都是男人,何况在这样的小地方,能认识什么人?我的意思是,不是认识了什么人就会有婚外情,我只是说——当然了,我意思是对我来说婚外情的发生几率理应很小才对。"

"你现在说话的样子有些慌张。"

"楚仁美,你这是想逼问我什么?"阿宗带着些打趣的口吻。

仁美松懈了点:"我不知道你跟咏恩之间发生了什么,看起来你们之间变得不太一样。多次我猜测你们当中有人做了坏事,或者变心,但如果你可以说出你不爱她这样的缘故会不会太扯?"

"瞎扯。"

"事实写在脸上了。"

"是她跟你说过什么吗?"

"也没有说什么,只是简单概述了你们目前的关系。说实话,我并不想做和事佬,但咏恩跟我又不是刚认识,你跟我也认识多年,你们有问题总该解决一下。"

"这问题没法解决。"

仁美知道这是他们婚姻的事情,她当然想问清楚了,她自己心里有些意图不好的答案想得到阿宗的回应,但她明白自己不该插手太多。后来他们又安静了,谁也没有继续说,好像这件事再讨论下去会有极大的分歧,男女之间的观点差异也极大。

她记得有一年四个人在餐厅就闹过这么一出荒唐戏,

大概是对于管理家庭内务这件事，在性别上的选择如果换成女外男内的方式，大家有什么看法。仁美与咏恩觉得这都不重要，只要搭配好，没什么内外区分。范征信与阿宗则认为男人不该留在家中。"不像话。"男人们的观点是这样说，而咏恩则称他们大男人主义，双方争辩激烈。当时范征信还调皮地反驳咏恩："就是这么大男人啊，女人不是都喜欢霸道一点的吗？"

都是很久以前的事了，那时因为咏恩的儿子还没念书，家中总要有人照顾而进行的餐桌议论。现在，仁美想到这些还是感到幸福的，这很温馨，在她看来回忆这种事如果可以有怀念或者难过的话，也都证明那是不曾浪费的时光。

只不过，现在的情形让仁美感到不舒服，她有某种不好的预感。要说这不紧不慢的日子里，不像会有什么发生也难讲，偏偏因着这颗心，她一再印证自己的预感。是的，事情的发展并未像仁美预料中那样风平浪静，以为什么都不会发生，甚至那些躲藏着的癖好也可以紧紧收着，可最终还是在这落日余晖中被轻轻戳破。

"我看见你了。"阿宗说，出其不意地，声音像闷雷般忽然闪过。仁美起初没有反应过来，呆呆地看着他。

"我看见你了。"阿宗又说了一遍。

"你看见我什么?"

"房间里面的风景。"

仁美先是怔了怔,接着呼哧一声,大笑了起来,动作不受控制,有些夸张。她自己也意识到这是一种拙劣的掩护。"你在说什么?"她当然知道他在说什么。

"仁美,我认为我们可以谈谈。"

"这没什么好谈的。"仁美站起身往屋子方向走了两步,"我甚至不知道你说什么。"

"如果你不知道我在说什么,那你又怎会知道这没什么好谈?"

仁美停住,转过头看着阿宗。大家都没有马上说话。屋里躺在沙发上的咏恩仍在熟睡当中,他们都停顿了下,知道声音不能太大。此时的稀疏云层看起来很高,嵌在黑蓝的夜色里像极了乌云而又遥远。而此时的街灯也亮起来了。

"我想告诉你一件事。"阿宗说,不知是认真的缘故,还是街灯的映射,他看起来太过严肃。

"如果你想告诉我,我在你房间做着那样的事情是否因为喜欢你,我是不会回答这个问题的。"

"很好,答案并非唯一出路,但我想说的不是我和你。当然了,这件事也关乎我和你,要这么说也行。"

八

仁美一直觉得范征信挺蠢的,从认识他开始,就一直把"有点愚昧"跟"有点可爱"的印象套牢在他身上。许多年之后,她仍不认为这有什么不好,因为她曾爱他(很有可能如果他没去世的话这爱将一直延续),或许正是因为他这样的特别而引起她多年的爱慕。只不过又在多年的夫妻生活中渐渐了解到,也许范征信并不是愚蠢,只是愿意听她的话,或者说在面对一些尖酸刻薄的场面时他总能比较理智而冷静下来,他往往是第一个这么做的人,表现极佳。于是那些不参与、没什么意见、不太清楚以及暂时没定论的情况,其实只是他为人处世的一贯方式,他更愿意给大家去选择,给仁美去选择,他尊重自己的太太与朋友。可是仁美此刻才意识到,范征信的理智冷静,换一种说法也只不过是圆滑机智,他这么做很可能是让大家都不对他过问(每一个人都知道他更善于聆听,故也愿意对他说话),那么他可以更自如地掌控着这一切。这么说多少有失偏颇,但如果没有从阿宗口中得到范征信曾与咏恩有婚外情这件事的话,那么她将永远看不清范征信,看不清她身边的这些人。就像她的家一样,朝南面的窗口很漂亮,可是看不见风景啊,除了杂草,便是那棵孤独的秋枫树了。

是啊,他出轨了。

仁美才反应过来,意识到自己被欺骗多年,她从来都没猜到范征信会跟咏恩发生感情。她也从来没去证实自己的爱情是否真的存在过,这种疑问根本无从证实。而现在,她意识到范征信也许不爱她,很有可能他只是喜欢跟自己在一起的那种方式,而不是她这个人。不过她没有对此特别生气或感到伤痛绝望,只是忽然对生活失去了一种积极的想法。虽然有些悲凉,但她惊讶于自己心态的平和。

当然她也想到了阿宗,这么一来她似乎又觉得闻他的内裤其实也不羞耻了,她在想起这件事的时候心跳没有加速,也已经没什么欲望了。而阿宗在得知咏恩的婚外情后应该是最难熬的那位,他竟然可以持续着一段时间的隐忍,直到想清楚要面对这件事时,范征信却去世了。这种感受听起来很空洞。好像一种愤怒到了极点又忽然找不着方向了,弄不清楚自己当初是因为什么生气,这气只好往里吞,于是他跟咏恩的关系也逐渐变化。当然了,仁美也知道自己小看咏恩的心思了,她想起来那串蜜蜡,想起那些年里她屡屡在餐桌上的谈话,仿佛都在同范征信调情。在这四个人的关系当中,她意识到自己才是那个"有点愚蠢""有点可爱"的人。咏恩那么轻佻,跟范征信暗地里偷偷摸摸多年,而她只是头脑空虚,在这间残旧的小屋里过着自以为幸福的小生活,什么都不知道,什么都看不见。

那天晚上仁美趴在窗台上很久,外面的光线很足,街灯发出更亮的一种黄色光芒,看起来是新更换的,她乐于看见这些对公共设施的维修更新。可是除了光,她只能看见院里这棵秋枫树。也许明日她会找人来将它锯断,连根拔起,或者移植到不妨碍视线的位置里。当然了,也很有可能在关键的时刻犹豫不决,舍不得动摇它。她认为它原本在那,就应该在那,它属于那个位置,再去改变它毫无意义。她知道这无法改变什么,就如在得知范征信的实情之后自己也无法去做什么一样,没有任何东西可以改变。

房间看不见风景,大动干戈去推倒一棵树,也不及走出去来得快。

她想起有一年,窗台上有蔓藤爬进来了,是在春季里的某个雨天,她去关闭窗户的时候发现有什么东西卡住了,十分新奇的样子,喊范征信来看。她认为这很好,自然的生长越过自家的窗台,他们之前从未注意到有什么蔓藤。雨停了之后,范征信走到窗外,抓起蔓藤沿着它的生长路线找到源头。起初他们将蔓藤牵引到秋枫树上,让它们围着树干，可是又发现它们缠绕树干的样子太凶狠。于是范征信建议在院子里搭几根竹枝，让蔓藤可以有合适的地方攀爬。他们很热衷于这件事，找来竹枝插在土壤上。那段时间他们回到家总是要先去看看这些藤条会往哪些方向生长，即使他们由始至终都不清楚这是什么植物。不过那年夏天有一场残酷的台风卷过，没有发生大灾害，但大风大雨还是将竹枝刮倒了。后来他们清理掉这些竹枝，再也没管什么蔓藤的事，而蔓藤也不再爬过他们的窗台了。

天使的房间

范文圣沿着滨海公路往前开,穿过大桥后在岔路口拐进其中一条弯道,由于房子实在太过靠海,几乎要到尽头那片区域。一路上街道两旁摆满了椰青与菠萝蜜,商店垂挂的救生圈让他意识到游客比他想象中要来得更早一些,夏季在他们眼里来得非常急切。过了商业密集的地段,临近海岸的路面便开始渐渐变窄了,因为不是安全范围内的海域,一般没有游客进入。两旁逐渐变得茂密的林叶阴影落到车窗前,明暗闪现。

这是今年夏天迎来的第一对客人。车里的一男一女看起来都跟范文圣差不多年纪,他不时从后视镜里掠过他们兴奋但略显疲倦的面容。

房子靠海,楼身已经不再洁白,多年来的潮湿与带盐的海风使其覆盖上了大片大片的黄渍,墙面发霉的部分与瓦面上水渍留下的痕迹让房子看起来也有些残旧。铁门推开时吱呀作响，大院有水泥筑的围栏，沿着围栏边缘长满了杂草野花，还有一棵小冬青看起来整洁干净，但由于长期受白天的海风影响，它偏一个方向延伸。院子很大，范文圣在左侧搭建了用来为车子遮风挡雨的棚顶，中间有条小路，路旁有石凳石桌，上面又铺了几片落叶，而右边是一大片宽阔的草地。房子当然还很坚固，只是防潮设施不是很经用，二楼的阳台也被植物绞杀得不像样，卫浴、大门阶梯地砖等地方也都有大大小小的问题，得找时间修理。

男人下车时发出一声欢呼，脱掉薄外套系在腰上，把太阳镜收在胸前的衣领间。范文圣替他们拎了大件的箱子抬上三楼，其间男人在经过每一层的玻璃窗前都要停下来眺望一会儿大海，仿佛已经迫不及待。女人则细心地观察房子。范文圣担心她会突然反悔，说她宁愿不要预付的押金也不想住在这栋老房子里。但女人什么也没说，只是样子看起来很严肃。

屋内难免有潮湿的霉味，前段时间范文圣打扫过，但春天的湿度实在过分了一些。大家走进房间，有灰尘在玻璃窗透进来的光束中缓慢地飞扬。范文圣上前拉开窗帘，旋即一股风吹进来，他又点开香薰灯，试图借助风力让房子好闻起来。

"我需要登记你们的证件。"

"现在有热水吗?"女人放下背包问道。

"已经提前打开了电热水器。"

女人谢过他,同时交出了证件,范文圣留意到他们一样的姓氏。接着男人问范文圣,是否可以再预订旁边的那间房,他原以为是那种像民宿一样的套间。整栋楼只有三楼做成了客房,如果是旺季,很可能就没房了。范文圣很高兴能多开一间,过去整个冬季生意非常惨淡。往后他又告诉他们关于电视、冷气、洗衣以及更多的操作事宜,原本还想告诉他们怎么从这里走到外面去,但他们看起来十分疲倦,对如何穿过荒地与小路暂时不感兴趣。

范文圣回到二楼,检查父亲的房间是否上了锁,但又自然而然地开了锁走进去,像怕打扰什么一样轻轻转了一圈,还没来得及联想到什么,立即退出来锁上了。到今天,他依然不知道如何处理父亲的房间,心里想着原封不动应该是最好的方式,所以没打算将其加入家庭旅馆的意思。从二楼阳台与范文圣的房间都能看到前面的海域,倘若脑袋再探出一些,还能发现西海岸的一角。如今海岸成排的椰树也已伫立在风中,沿着绿道整齐地通往远方。那片他小时候与同伴独自游玩的水域已经被圈起来了,将会是另一个开放的公共场所。

起初范文圣没想到要营业家庭旅馆,他只是想要纪念,在社交网络传了一张自己站在房子门前的照片,那是很多年前父亲替他拍的,发布时他将其调成了灰色调,也有悼念父亲的意思。很多人羡慕他在海边的房子,纷纷表示想要来度假。范文圣没有理他们,那会儿丧事还在持续,涌起高兴的情绪似乎不太合理。当然亲戚们是最不甘心的,因为无论如何,他们都绝不会想到范文圣的父亲在很早之前就写好了遗嘱,明确写着房子留给范文圣——他只是养子。来到这个家庭的时候,他已经在会走路的年纪了。房子留给自己的儿子无可厚非,但为了保证他的生活不被亲戚们打扰,一些朋友坚持让他把房产也办理手续过户到自己名下,至于其他财产,他已经不在乎了,这栋房子是父亲留给他的恩情。家族里大家相处不太和睦,不管是出于利益还是逐渐衍生的复杂关系,而养子本身从小就没有地位,受尽堂哥表姐的欺负,也因为这些,范文圣从小对亲情看得很淡薄,唯独父亲给了他不一样的感受,给足了一位父亲该给的爱。当然也有别的亲人给范文圣打过电话,一开始只是婉转地询问房子的情况,后来就直接问房子是不是应该转让给他(们),试图说服范文圣。范文圣想到电话那头狰狞的面孔,使劲用指甲戳自己的手心,拒绝了所有人的请求。他是个心地善良的人,不想把事情弄得更糟糕,但他只是认为他们的行为让他开始有了立场。

"那是什么鸟?"

隔天清晨,男人从三楼的房间探出脑袋,范文圣在二楼的阳台上,他抬起头,两人斜斜地相互看了一眼。

"金丝燕。"

"它们要去哪儿啊?"

"到热带去产燕窝,或者回西伯利亚吧,我也不知道。"

男人裸着上半身,头发乱糟糟的,靠在窗边抽烟。有好几次,范文圣都看见烟灰往下掉落并慢慢散碎,越过二楼之后便逐渐看不见踪迹了。静默期间,范文圣又悄悄抬起头看看男人,留意到他乳头上穿戴了一颗银色的东西。

这天男人要到海滩去,肩上挂着浴巾,又将一本书、香烟、打火机以及运动水杯装进一个帆布袋里,在一楼的大厅里对着墙面的镜子打量自己的身体,拉了拉泳裤前的绳子。他的状态还算不错,看起来就是那种城市人该有的体型,不胖不瘦,应该常在健身房活动,背部宽敞且十分光洁,不长任何东西,但看似容易受到侵害——如果可以，范文圣会给他的肤质分类为敏感肌的类别。他转过身对着范文圣，问道这片海滩是不是没人，那颗银质的乳环亮晶晶的。

"是的。"范文圣说。

"那就好，也许我可以将泳裤也脱掉，这样能晒黑一些，让自己看起来更稳重，"男人笑笑，眼色似乎有了什么不同，"你的肤色就很好看，很自然，像我这样白花花的让人觉得软弱。这是美黑油。"

范文圣没听过美黑油，但能理解那应该是让他变黑的东西。他看着男人走出房屋，目光朝向那棵小冬青，在院子的草地上徘徊了一会儿才离开，沿着小路走去。范文圣知道他是哪一种男人，他跟自己不一样——自己身体有多处年轻时耍酷的文身，并且随着年纪越来越不喜欢这些图案，毫无艺术或美感可言；他的肤色被称赞是因为这种黝黑从小晒成的，但他明白即使待在寒冬地区一两年也不会变白；他也知道自己见识少，大多数知识来源于自己感兴趣的书本。而这位男士（也可以说包括那位女士）是那种高等教育下的社会中坚，可能擅长某一样工作并且有着拔尖的技巧，他们经历丰富，应该见识过很多东西，拓展了很多人脉。当然，他们除了在工作上累积经验，对其他事情也都能谈上点什么，如果给他们一本书，很可能他们能谈起自己对文学的见解，同样的，也会对一部好的电影说出逻辑上的漏洞。范文圣觉得自己不是很喜欢他们，也并非讨厌，他只是有时候不相信、不习惯这样的男人女人，或者说他本身不大相信人类。但对他来说，住客就只是住客。

女人整个上午都躲在房里，到了午餐时间才下来。她休息得不错，散落的头发也很飘逸，看起来随和一些了。她谈到她弟弟食量并不大（到这儿范文圣才确认了他们的关系），不需要给他留太多的食物，如果有酒，他可以一整天不吃东西。范文圣过了很久才作答，说对身体不好。

"所以我才带他来这里啊，找个不错的地方度假，让他发现自己该做什么，不该做什么，晒晒太阳，感受海水，并且吃点健康的很有必要。我想你的房子会比外面的酒店要独特一些，我能感到温暖的气息。"

范文圣没说什么，他不知道她所说的气息究竟闻起来像什么，一枝鲜花吗？海风？一杯有香浓奶味的英国茶？还是他读到的那些诗歌？他从来没觉得自己生活在一个温暖的地方。

"希望你们喜欢住在这里。晚餐想吃点什么？"

"都可以，我们不挑食，像这样就挺好。"女人指了指桌面的椒盐虾。

有时候他们一起出门，但大多数时候是分开的，范文圣发现那是因为他们的作息时间不一致，时差太多。如果天气好，女人会在傍晚到草地上，在本子上写点什么，或者什么也不做。看起来余晖与天空是她向往的东西。范文圣经过时，她会对他说拥有一块属于自己的草地是每个女人的梦想。有一次她谈到她小时候的家里也有这么一块草地，甚至比这儿大得多，她与弟弟在草地上学跳舞，玩跳绳，做一切他们想做的事。她让弟弟穿她的裙子，帮他涂口红。她认为她同弟弟的关系只有在草地上才会变得更好，一旦离开了，他们就常常不和。说着，她又抓起笔在她的本子上写下什么。

范文圣猜测她可能是个作家、诗人，或者只是随便写点日记之类的东西。他没过问。

女人常常说多吃新鲜蔬果对身体好，男人则躺在沙发上抽烟，忽略她说的一切。她主动到厨房去做沙拉，切水果，摆成好看的样子。那天她自己走路到市场买了条海鱼回来煮汤，但她忘记盖上锅盖，火开得很大，汤水越来越少。范文圣及时替她加上水了，又只好将冰箱冷藏的黄花鱼丢进去补救，否则它只会是一锅无味的开水。看起来她很想要好好照顾弟弟，但她做得并不好。

午后进入我房间

姐弟两个想知道范文圣一个人过着怎样的生活，偶尔问起他不感兴趣的问题，关于他一个人在这都做些什么，或是读过什么书之类的。范文圣随便说点得体的话算作回应他们，他不是那种热情好客的老板，他知道自己并不是特别适合做这行，但他还能做什么？

除了夏天，没什么人会来这里度假，偶尔冬天会迎来怕冷的游客。海边的气候并不总是温暖的，人们以为亚热带的沿海地区可以避寒，但实际上还是会有一些时日，那些彻夜的寒风吹得人头痛，走在路上都不自觉地弓着背。

也有难得他们姐弟会一起出门的时候——只要大家都醒着且有外出的欲望，大多在下午到晚上那段时间——他们去海边散步，经过码头到海滨酒吧喝两杯彩色冷饮，回来时看收网的渔夫，或是看那些飞速驶过的私家小游艇，有模有样地在海上漂移，在日落时归来避风港停靠。他们去镇上看不知从哪儿来的马戏团表演，去跟卖海鲜的老板讨价还价，拿着手机到处疯狂拍摄，再逐一发到社交软件上。他们在晚上开红酒，买来不宜时节的螃蟹，邀请范文圣加入他们，并在酒意上脑之后对范文圣勾肩搭背，似乎大家认识了好多年的样子。男人将手掌放在范文圣的大腿上，在他心里涌出一种令他惊讶的暗示，或是女人刻意凑近来问东问西，那头刻意散落的长发令他觉得痒。总之，他们很喜欢这里，很乐意在能看到海的房子里做奇奇怪怪的事，像在自己的家一样随意走动，无拘无束地漫步在沙滩上（尽管漫上岸的海水并不怎么干净）。他们都很喜欢范文圣，认为他是个不错的老板。

但从这里开始，仿佛有某种隐喻的边界在什么地方区分开来——在草坪，在房子里，在楼梯上——总而言之，是在范文圣与他们之间。

范文圣的母亲不喜欢这里，她受不了度假的游客，受不了炎热的气候，更受不了一事无成的她的男人。她的男人只是叹气，没有为他们的婚姻作什么挽留。他们中的一方无法生育。范文圣那会很小，不知道自己能选择跟随父亲还是母亲，只是单纯认为母亲不需要这里的男人们，甚至包括他。而他也不过是一个养子，自卑使他胆怯。

终日酗酒成为了自己亲人身上的故事，还好父亲没有将这种状态持续太长时间，但那些丑事也在附近流传了。别人都以为是父亲赶走了女人，看不起他，但他没有解释，只是对范文圣说，一切都会好起来的。

这会儿男人正在镜子前抹上他的美黑油，几天下来，范文圣看得出他的肤色有所改变，男人发现他在看，便说这个肤色还不够深，脸色里传来一种说不清的暧昧。范文圣看着男人油亮的手臂，觉得自己身上毫无光泽，肌肤质感有些粗糙，但他不想去为这些操心。

母亲离开之后，他们的生活不容易，范文圣的父亲精神状态一直不好，甚至影响了自己的表现，失去了码头海产批发市场的工作。后来他戒酒了，弄来一辆手推车，开始在海边摆摊，整夜为那些海产涂烧烤汁、洒辣椒粉，头发上的油烟似乎永远都洗不净。那次，有三位喝醉酒的游客到烧烤摊点了很多很多的烤串，贝类跟鱼类都很花时间，加上中途还有别的客人，父亲那天有些忙不过来，打电话让范文圣早点过去帮忙。起初是其中一个醉汉催了好几次，因不耐烦而上前推了父亲一把，父亲停下手里的工作让客人不要动他，他会尽快烤完。但"不要动他"这几个字似乎惹怒了醉汉，他叫上他的另外两位朋友，几个人开始吵了起来。没多久就有人先动手了，也许酒精的效用实在太过厉害，愤怒的情绪令那位醉汉直接抓住父亲的脑袋往炭火上摁，并惊人地持续了好长一段时间，完全没有给他任何反抗的余地，旁边两位更是欢呼大喊。多亏路过的人发现并上前解救，醉汉荒诞的行为才得以停止。但是等范文圣赶到的时候，现场已经围起警戒线了，有医护人员正匆匆抬着他父亲上急救车。他追上去，向他们说他是伤者的儿子，其间还听见了站在身旁的妇人说，那烧烤老板长长的嘶吼声令她心惊胆战。

超过大半的面容毁了，右边的耳朵也没了，一只眼睛瞎了，还有很多东西需要修复，但最艰难的是，脑袋里的部分东西也被烧了。具体烧成什么样？他是否还清醒？没有谁真正看见过。

醉汉们被判了刑，赔偿的金额范文圣一直存在银行里没有动用，直到父亲终于熬不过去之后，他才决定花去部分的钱用来修缮房屋，加盖了第三层，并把门前的平地弄成了绿油油的草地。也许作为一个养子来说，外人认为他得到的比失去的还要多，但他对钱财看得不重，对把他养大的男人才真正怀以尊重之心。而父亲去世的时候他唯一要面对的事情是——剩下他自己一个，还能不能好好生活，父亲毁掉的头脑面容总是在他心里不经意间浮起，有时他恨不得被炭火灼烧的人是自己。

现在，当范文圣看着男人在抹美黑油，而另一头的楼梯里女人正扭着纽扣下来的时候，他心里忽然异常平静。他当然知道别人没有义务要去了解你经历过什么，如果他们没有伤害你，那么你的一切带偏见的目光都恰好说明自己心胸不够宽广。他庆幸自己内心没有憎恨游客，没有对醉汉做出报复性的行为，相反，他为游客们提供了良好的住所。

午后进入我房间

"老板,你有空到海边给我们拍照吗?"女人对范文圣说,微透的衣衫看得见里面更换好的深蓝色泳衣。

男人将美黑油递给他姐姐说:"拍照前快帮我涂满整个背部。"

外面逐渐变得炎热,夏天暖湿的特征格外显著。

辽阔的海域横亘东西两岸,每当海水涌上沙滩就把沙地分成了深浅两色。有礁石的地方翻卷着淡红色的泡沫,不断被浪花击碎又生出新的来,并且礁石暗沉,海浪也显得不干净,充满杂质的感觉。沿着西海岸望去,渔船轻轻随着海水晃动,在更远的地方,有出海的货船缓缓驶出或驶进小码头。在东部边缘,则呈现一种海岸、沙滩、椰林井井有序的自然排列。在灌木林之前有一大块裸露的山坡,山坡的山脊上长满了马鞭草(范文圣不喜欢它们),而山坡后是一片稀疏但挺拔的马毛树,它们为内陆阻挡了风沙,也让景色变得更美。惧怕寒冬的从西伯利亚飞来的鸟儿,到了这儿的雨季又陆续离开,往别的地方飞走了。炎热的夏季,似乎只有海鸥会在长达数七月之久的时间里停留在海岸,陪伴游客。

范文圣拿着女人的手机给他们拍照,他不知道这个过程持续了多久,在反反复复转换姿态与方向的追逐里,他迷失了自己，感到那道边界逐渐变得清晰。

"我该下水了，"女人说，"你可以先陪我走到深一点的地方吗？"

范文圣扶着女人，走在前侧慢慢带她走下水。

"你觉得我弟弟怎么样？"她忽然问道，"你看起来跟他是同一种人。"

"我不知道你说什么。"范文圣摇摇头。她是在暗示什么吗？

女人笑笑，松开范文圣的手后慢慢走进海里。范文圣回到岸上，替男人打开了太阳椅，自己则随意躺在沙滩上。有一会儿他们同时朝大海望去，看看女人在干什么，在她身后很远的岸上有一座灯塔，白色塔身涂有红色的油漆，直耸高空。

"灯塔会亮灯吗？"男人问。

"晚上会亮的。"

"现在很少会有不熟悉海域的船了吧？"

"但如果碰上恶劣天气，特别是晚上，小渔船还是需要灯塔的指引的。"范文圣谈道。

男人抬起头看了一会儿范文圣，笑嘻嘻地说："对了，生蚝真的令你们变得更威猛吗？"

范文圣起初没明白是什么意思，接着只是笑笑。男人又为自己解说不该胡乱相信某一种食物能有神奇功效。

"如果你想吃生蚝,晚上我可以做的。"

"那就太好了。不过,说实话,生蚝真的有什么不得了的帮助吗?"

"不该胡乱相信某一种食物能有神奇功效。"范文圣重复他的话。

过了一会儿,男人坐起身朝女人大喊,但女人在细浪中缓缓游泳听不见,偶尔被浪花淹下去了,又努力冒出来。男人朝她做手势,她也没看见。范文圣躺了下去,沙滩开始发烫,他挪动了背部的位置,感到有昆虫从小腿处爬上来。我得加点油了,你能帮我抹油吗——他好像听到有人这么说话,接着又有一句——只是背部我擦不均匀,否则会晒伤。他坐起来,看到男人正拿着那瓶油,微笑地看着他。

他有点迟疑,没想到自己提供房间的同时还要提供这种服务。想到这他笑了起来,男人问他笑什么,他摇摇头说没什么,仿佛就在此时,两人之间的隔阂开始穿破了,住客与旅店老板的关系得到了进一步的变化。范文圣说不清那是什么感觉,他一直对自己的性取向模糊,但他知道这几天都在偷看男人的一举一动,特别是他抹油的样子。

这会儿，范文圣正站在沙滩椅旁边，看着男人宽阔的背部，刚毅而漂亮的线条顺延到腰窝里。他将美黑油滴到男人光滑的肌肤上，与此同时，心里想的却是希望男人翻转，给他的胸部上油，顺便看看那颗乳环。

就今年夏天而言，现在依然是为时过早的淡季，有时候空闲的生活会让人变得心理活动异常丰富，无论如何，是很难控制的。范文圣经历过很多这样的时候，他常常冒出一些学习新知识或培养新爱好的想法，比如买点颜料，或是自己亲自弄点海产来卖，依照那些诗集自己模仿一则短诗，但到了暑天又被忙碌打消了念头，最后能留下来的还是花更多心思钻研私房菜（尽管大多数是从父亲那学会的）。

女人看着范文圣将蒜蓉、姜蓉、调味粉等食材混合一起，逐一铺到生蚝上面，电烤箱先是传来一股腥味，但很快这种腥味就转变成诱人的香气了。"非常有人间烟火味。"女人用词夸张，但范文圣认为她很细腻，不知是作为姐姐的辈分还是女人本身的悟性，当然，也有可能跟她常常抓起笔写点什么之类的有关，习惯养成的方式总是出其不意。

"你一个人忙得过来吗？如果住客多又要求在这里用

餐的话。"

"到了旺季我会请个人帮忙。跟酒店不同，这里房间不多，住客会跟我更亲近些。"

"你是说，你是刻意这样做的？"

范文圣有点不好意思："没有，只是恰好在做起来之后，才发现住进来的客人都会跟我聊点什么，我猜这大概就是一所旅店的环境所提供的内容造就而成。"

"你是一个特别的小伙子。你结婚了吗？"

"没呢。"范文圣回答，恰好男人从海滩回来了，这下他的脸蛋有些红红的，大概是晒过的原因。女人却忽然走近范文圣，挽起他的胳膊，十分亲密的样子。

"我得涂点芦荟膏什么的。"男人说，像什么也没发生似的，见范文圣在做饭，又凑近看了看，"可以给我两个水煮蛋吗？我刚刚在海边做了四组俯卧撑。"说完还抬起手臂，弯曲成健美选手的姿势，上面细密的水珠（美黑油？汗液？）碰到了范文圣，又让他脸红起来。"生蚝哦！"男人意味深长地调侃道，接着说他得上去洗个澡，同女人相互做起了鬼脸。

范文圣看着男人上楼的背影，女人又忽然缠在他身边，有一瞬间他觉得这些年来孤单的生活突然被填满了，就像自己还拥有家人一样。更重要的是——他们在说话，那些声音原来可以成为构建家庭的重要元素。他去年为什么没有感受到游客所给的温暖？是因为他们大多数是情侣的缘故吗？

等到男人回到餐桌，女人已经霸占范文圣旁边的座位了，似乎要跟弟弟拉开一场游戏斗争。男人对着姐姐笑，一种潜藏的私情已经开始，他们的一举一动，都有了别样的蕴意。范文圣要脱下围裙，女人马上帮忙，还假装不经意将他的衣领拉低至胸口位置。

"早些时候我从礁石这看到附近有摩托艇在比赛，激起了很高很高的浪花。"男人说。

"你想要去玩吗？"范文圣问。

女人想要断开他们的话题，摇摇头说："我不行，我怕刺激。"

"你的感情生活那么刺激，没见你怕过。"男人说完哈哈大笑。

女人没有理他，只是细声数落那些负心汉，温柔地将手搁在范文圣的肩膀上。"范先生，"她说，"你是个好人，我希望我可以把你写进我的创作里。你要知道，只有我欣赏的人才会被我写进去。"

范文圣有些拘谨，因为在餐桌下面，男人的脚似乎伸过来了，正试图轻轻碰触他的脚趾——但他不确定，如果是只从外面飞回来的虫子的话。

"你该看看我写的文章，还有诗歌。"

"那只是无聊的日记。"男人回击，"至于诗歌，也许只是分行写的句子。"

"范先生，你知道女人最能打动一个男人靠的是什么吗？是隐藏的智慧，她们与男人不同，不会只用一根东西打动你。"

"我不明白你在说什么。"范文圣的声音几乎发不出来。

男人又迅速反驳："男性在你看来就这么肤浅吗？"

"我只是认为女性给出的暧昧会更有意思。"

"傲慢与偏见。"

范文圣不知他们在争吵什么，他有一瞬间猜测他们的表现非常刻意，是在试探吗？范文圣第一次意识到社会关系是暧昧的，任何谈话都会影响两个人之间的关系，甚至是未来。这天的午餐让他清楚意识到自己在人际关系或情感里均资历尚浅，任何把玩、招数、伎俩，他统统都没有。游戏的规则被更为主动的人定下来了，比如男人要求抹油的举动，比如女人忽然的攻击令他不攻自破，但同时，他们姐弟的行为恰好也说明主动一方只是提供规则，如果对方不接受，规则则无效。

他却忽然发出一个小小的邀约——我知道一个小岩洞,你们想要去吗?

浩瀚茫茫的大海,人类只能在它靠近的地方停留,除去科技所带来的便利,它真正提供的只有几海里的活动范围,幸运的是海岸线够长,你可以从这里走到西海岸看看那边新起的洲际酒店,途中还能拣出不错的贝壳。但倘若你相信那些带你出海体验捕捞的渔船就大错特错了,你手中得到的永远是死掉的海星跟不知名的海螺。大海本身危险,任何天气都能辅助它掀起一场大规模的破坏,甚至成为灾难。范文圣小时候跟父亲出海打鱼,虽然对天气了如指掌,但风云莫测难以做到百分百精确,遭遇狂风暴雨的时候,心里还是非常惊惶的。那时候的螺旋桨还未普及,也贵,大多数是风帆与手动的,尽管在近海,他们必须使劲地在风雨中加快速度,避免陷入不安全的困境。有一次碰上下雨天,他们返回的时候发现雨势越来越大,似乎没有办法回到岸上,情急之下只好向最近的礁石划动,迅速收起了拖网。就在那时,他们发现了一个小岩洞,入口处像个倾斜的拱桥,旁边又有零碎而形状怪异的石头,水面上有崎岖的倒影,但横风斜雨将其碎成波动的镜像。靠近岩洞的海面变浅之后,父亲跳进海水里,迅速将船头的绳索牢牢拴在一块巨大而竖立的岩石上,并把船拖上沙地以免撞毁。范文圣走进岩洞,里面并不大,但也能同时容纳数十人。岩洞下是一片滩涂,往尽头便成了沙石地面。父亲找到舒适的位置坐下,范文圣则研究洞壁上的东西,两人静静躲在那儿,但并未对这样的新发现怀激动的心情,只是祈祷突降的雨水能有好转。

范文圣发出邀请对他自己来说也是陌生的,他从来没有主动提出带住客要去哪,除非他们有要求。他到熟悉的朋友那借来摩托艇,从稀疏的旅客群当中朝这片尚未开放的海域飞来,男人看着他飞奔的样子欢呼大叫,女人说她不太敢坐,但还是想去看一看,上了车,夹在两个男人中间。范文圣提醒他们要抱紧他,或抓稳车身的把柄。当他再次发动引擎的时候,有一只手悄悄移到他大腿处,他说不清已经湿掉了的大腿会给出何种知觉,也猜不到是谁的手。但他什么也没说,认真朝小岩洞的方向开去,摩托艇后面的浪花喷薄而出,在美丽的海湾划出一道弧线。

"兴许你该开慢一点。"女人说,在抵达岩洞前扶着摩托艇慢慢下来,用手去整理头发。

"抱歉。"范文圣说。

但男人似乎很兴奋,也对岩洞更有兴趣。他钻进洞里,对着墙上凹凸不平的岩块研究着,似乎能从中看出点什么来，转头又蹲下，抚摸在沙地冒出的某种绿色植被。他谈到他大学的时候念园林设计，虽然与现在从事的职业没有太大关系，但他总会将办公室的格局按照自己的想法来摆放一切东西。

"像这种自然形成的景观，应该是受海水与风的侵蚀形成了独特的面貌。"

"地质我不懂，但这里会发出叫响。"范文圣说着，将摩托艇推上沙地。

"为什么？风大？"女人也加入谈话当中。

"一种叫做风吼的自然现象，听过吗？台风天来临的前一两天，这里会发出嗡嗡声，表明台风逼近。"

"在岸边也能听到吗？"

"如果是更大的岩洞就能听见，但这里太小了。"

"听起来怎么样？"

范文圣试图找到贝壳之类的东西，但这里什么都没有。他想了一会儿说："就像一个大的海螺号角，有风在旋转的感觉。"

"像是大海与岩石的对话。"男人说，站起来又四周围看看岩洞的顶端，"可是如果你们能发现，那么别人也会发现啊。"

"没关系，我只是喜欢这个位置的隐秘，避开了大多数游客的目光。从春到秋，除了出海的渔船，没有谁能真正看到它，它的背面看起来不过是一个稍微大点的礁石。"

"那么，直到死亡，也会有人不知道这样的一个地方。"男人意味深长地看着范文圣。

范文圣笑笑："你在说什么呢？"

那道界线又模糊地出现，但这一次就好像直线被拉长，沿着岩洞紧紧盘缠。

"你一直不敢承认自己吗？"

"这么快就说出自己的期盼吗？"女人靠在洞壁上，失望的样子似乎宣布退出游戏。

范文圣没想到男人会在这儿跟他谈这个话题。过了很久，他用脚趾在滩涂上轻轻挖出一个小坑，越来越深之时，又被海水倒灌进来，重新抚平了。"就像这样，"他说，"当你打开一颗心，不用多长时间，它会恢复原来的面貌。"

男人走过去："但你知道打开过之后，能更容易接纳别人吗？"

如今男人的肤色总是能吸引到范文圣的目光，所以很多时候，他会在听他说话的时候走神。但他很清楚男人在说什么。他看着男人靠近过来的双手，富有光泽，线条刚毅，上面布满了血管与绒毛，手腕上的手表转动的时候发出一些微光，让手臂看起来性感至极。

与此同时，女人正向范文圣露出一种鼓舞的笑容。她在鼓舞什么？他又在说接纳别人的什么？爱吗？

如果可以测量大海，范文圣可能会从现在开始准备工作。如果感情比他预想的要重要，他会重新审视自己。如果这一天注定成为推动他成为什么人的日子，那这位男人则充当了重要的身份。可是范文圣从来没有想过自己会对什么人发生感情，至少在此之前都不会。男人温暖、醒目、阳光、洒脱，但对范文圣来说他更像是一个点火石，他会花上力气照亮他，但不会磨掉自己成全他。说到底，是他还不愿意相信一个人的话，不管出于什么。

可是，尽管自己总是怀疑，心里还是受到了那股冲击。范文圣看着男人柔和的目光，想象自己拥有多个分身——一个远在自己的房间里，一个沉落进深海之下，他们保持一段距离观察彼此，从来不会靠近；还有一个则是现在的他，钻进岩洞里的范文圣，在他背后，是岩洞里窄小的角落，而前方，是一个男人，以及大海之上光的路径。

"读诗对你有什么好处吗？"

这夜月光把海面照亮了，一片蛋黄色粼粼闪现又被模糊掉边缘的倒影在缓缓摇晃，黑漆漆的海水因得这月光而又显得幽蓝。夜间的风从陆地吹向海面，在窗口感受不到风，但能听见风声。男人来到二楼，站在走廊上，透过房间的窗户，看见范文圣在床上看书。

"你怎么知道我在读诗？"

范文圣起身打开门，请男人进来坐。

"你的书房大多是诗歌。"

"很不巧，我在看花卉养殖。"

范文圣盖上书本，把书递给男人。男人哈哈大笑，仿佛为自己的猜测错误感到不好意思，接过来打开看里面丰盛的彩色图案。

范文圣说："我想在围栏边上种点好看并尽量不需要打理的植物。"

"你很有构想哦。"

"晚上在这样的房间睡觉还行吗？"

男人合上书，似乎没听清："什么？"

"我说，你睡不着吗？"

"你知道码头那家酒吧吗？"

范文圣点点头。

"晚上我们到那喝酒，有个连续三天遇见我们的男人，说大家都是远道而来，却也能有多次的相遇，是一种缘分，于是到吧台请我姐姐喝酒了。"

"哦？"

"我就先回来了。"

"她今夜不回来了吗？"

"不知道啊，谁预料到他们会发生什么？如果那个男人受得了她的性格，兴许会发生点什么。不过，你的房间不会不允许住客带别的人进来吧？"

范文圣笑笑，称没这样的事。男人主动点了一支烟给他，他的第一反应是男人的双唇接触过烟嘴，并有可能带有唾液将其湿润——他不明白自己的小心思是如何衍生出来的，换作从前，他只会觉得有人给了他一支烟，仅此而已。

他们到窗边一起抽烟，一个用手肘撑在窗台上，一个身体弯曲，斜斜地靠着边缘。大海一点也不平静，海浪声还能听得见。这里看不见灯塔，附近的路灯给了这景象一种阴森的感觉，但同时又是充满魅力的。

"你的房间很好，从这里眺望的视野很广。"男人说。

范文圣告诉他，小时候他称自己的房间是天使的房间，因为这里就如男人所说的那样有着宽广的视野。现在是夜晚，有些东西看得不太清，但到了白天，从这儿可以看到一半陆地、一半海洋，那座突起的半圆小岛屿就好像是天使的头部，沿着岛屿外的林区如同光环的弧线，而海洋则是天使深蓝色的衣裳，那些拍打礁石的浪花就是衣裳被风吹动的时刻。

男人发出一声赞叹，似乎真正赞叹的不是景色，而是范文圣所描述的词汇。"你的描绘让这片海域无形中变得更美了。"

"其实这里对应三楼的房间也能看到，就是你姐姐那间，只不过住客通常不会想到天使吧。"

"毕竟天使不是真的存在。"

范文圣回到桌面拿来烟灰缸，对着男人说："但天使也可以看作是一个人啊。"

房里有些东西打碎了，范文圣细心倾听着，他说不清自己在听什么，根本就没有东西打碎。两人在烟灰缸里挤灭各自的烟头，手指的关节不可避免地触碰到了——是这样暧昧的动作，一同做出同类的姿态而引起某些东西断掉的声音。除了等待男人开口说话，范文圣首先想到那条模糊的边界，界线"嘣"地一声，似乎断掉了。是断掉的声音？而不是房里某些东西打碎的声音？范文圣心里对自己的立场发生了变化，界线断了之后，某种别的东西开始把两个男人融合起来，像涨潮的大海不断涌向沙滩，试图吞噬。

男人夺过烟灰缸放在窗台上，迅速抓起范文圣的手，使劲抓着不让他动，强迫两人四目交汇。房里有一股淡淡的茶花香，是范文圣本身放置的防潮珠，他不知道在打开窗的时候，它们的气味反而引起了他的注意。尽管如此，还是没有能够掩盖房间里烟与男人们的气味。

男人靠近范文圣跟前，范文圣猜测到他是刻意而为，他只是让自己感受他的呼吸。男人似乎很清楚自己的优势，在他的一呼一吸之间，那种来自城市的浪漫气息，在这里会显得更特殊——对范文圣而言。

范文圣已经习惯一个人很长时间了，也有朋友介绍过女孩给他，但他谈不上喜欢，也不知自己是不喜欢女孩还是不喜欢那位女孩，前后的差别足以令他踏上不同的生活道路，倘若行差踏错，他也不清楚从哪能找到最初的原因。他不知道如果父亲在世的话，他是否会谈起自己心里的感受，而他老人家又是否会语重心长地说点什么类似同性相斥的警告。不过这都无所谓，一晃好几年过去了，他一直保持单身，也从未想过会跟住客发生什么关系。他也会幻想有些很不错的住客前来勾引他，在失眠的夜里让他亢奋过。但是，当真正出现暧昧的住客时，他却不知所措了。一个人久了之后，心里自然而然还是会有所封闭，即使男人越过了范文圣的边界,他还是有理由怀疑它会自我愈合,重新规划出一块新的领域。他似乎看到窗外沉睡的天使渐渐苏醒,那片一半内陆、一半海水的景色变得尤为生动,在黑暗之中开始隐隐浮现更多的噪点,叠加起来形成了属于它的光环。而外面的风越来越大,不知疲倦的浪花一次又一次如裙摆在掀开。

范文圣接到了下礼拜六的住房订单,是一家四口,订单留言有一则消息弹了出来:"我先生吸烟,房间允许吗?另外你们那儿能栽种白玉兰吗?"

即使在男人女人离开之后,范文圣也还有大把的时间打扫卫生、休息,又将一个人度过。他们离开的这天,男人说了好多话,但他不像女人那样对范文圣说一些关于她自己过去的事。男人说自己应该常来,他很喜欢这种无人打扰的生活方式,他不明白为什么有人会因为独自留在一个地方而感觉寂寞,也有可能是他留在这儿的时间还不够长。他看着范文圣的眼神似乎有些湿润,由于他姐姐在身旁,一种不舍与难能可贵的情愫被压抑住了。范文圣很想要解释,但不知道要解释什么,他还是不太相信男人会真心愿意待在这样一个地方,更别说他会对他有留恋的友谊。他开始意识到自己接不上男人的话,不知是出于顾客与老板两者不同身份的立场，还是出于自己对他有过生理反应的缘故。这会儿，范文圣真正看到了一种分割——在这片靠海的土地间，椰林、龙虾、人行道、海神像、建筑物，对大家来说都有着不同的含义。隔岸观火的游客要从远方到来，跳到火海当中感受自然的恩赐。而范文圣却身陷这片火海，它既凶猛，又温柔，它发光发亮，它以陆为界，面积以数亿万海里算计，这是他永远不会陌生的。在夏季里熙熙攘攘的游客们看来，一景一物都意味着观赏，有趣的浪花使他们精神抖擞，一只海鸥能使他们尖叫起来。而对范文圣来说，这只是一些岁月的变迁。如果某天他不在这儿，或许仍然有迹可循，但所有这些意味着的是不断重复的、越来越稳固却又越来越抽象的东西，荡然无存的不是过去的历史，是日新月异的变幻带来的无力感，生活也随着慢慢变得抽离。

最后，他开车送他们到汽车站，把去年秋冬晒干的马鲛鱼送给了他们，女人热情地给了他一个拥抱，悄悄地说她之前对他做的一切都是开玩笑，只是希望激发弟弟表达他的感情。范文圣为她的话与那些行为感到十分惊讶，她那天说的"同一种人"是暗示吗？还是说，她弟弟总是乐于寻找猎物？活跃的思绪像巨大的浪潮，从未停过。范文圣一直试图给自己解围——那不过是一个夜晚的激情——

但并不奏效。他还来不及回复女人的话，男人也上前来给了他一个拥抱，并迅速咬了他的耳朵，舌头还伸了进去。之后大家便挥手告别。范文圣留意到男人的肤色变成小麦色了，紧紧搂着他姐姐的肩膀，一只手拖着行李箱，一同走进了售票大厅。范文圣以为男人会回头再说点什么，但他只留下背影与耳朵上的口水，风吹过的时候，耳朵凉凉的。

独自沿着滨海公路往前开，穿过大桥后在岔路口拐进其中一条弯道，继续开到尽头。年年月月熟悉的道路，在今天看来似乎有点陌生。

回到房屋时，范文圣发现冰箱里还有女人买的水果，那些她要做成各式沙拉给她弟弟吃的食材，以及一罐尚未用完的沙拉酱。他回到自己的房间换上工作服，窗台的烟灰缸还在那，里面只有两支烟头。他感到失落，跑上三楼开始收拾客房。

签字笔滚落到地上了，范文圣捡起来，看到女人写过的纸张还在桌面。他读到了一个城市女人的梦想，谈到生活不易，也表达了自己关爱弟弟的心情，希望弟弟可以过上好的生活。翻页还有自己对这里的赞美，几行字词就把大海描绘成瑰丽的世界。如果这是诗歌，那对范文圣来说会有些残忍。他小时候有过这样的赞美之心，但现在随着生活一并消逝了。如果有人来聆听，他还是可以谈谈海岸边的渔船是如何运作的，那些内湾养殖的生蚝需要注意些什么，台风的来临会出现哪些罕见的预兆等等，也许听来会感到小题大做，但真实的生活能让人深感向往。不过，真正对他残忍的真相是，他更期望自己能得到一个解脱，彼时的苦难与消失殆尽的恩情，统统都不会是他隐匿的自尊——这种感觉就像他身后的一扇大门轻轻推开了，随之而来的，是他心里默许的、不易传达出来的欲望洪流，从落日后的滩涂开始，将界线慢慢推向外面更广阔的地方。

"范先生！"

范文圣听到有人喊他，退出房间到阳台来，原来刚刚离开的男人又独自返回来了。他很惊讶，问男人是否遗漏了什么东西，但男人只是笑着说——

"我想留在天使的房间里，可以吗？"

图书在版编目（CIP）数据

午后进入我房间 / 温凯尔著. -- 上海：上海文艺出版社，2025.3 -- （有趣书系）. -- ISBN 978-7-5321-9240-3

Ⅰ. I247.7

中国国家版本馆CIP数据核字第2025KH3508号

责任编辑：余　凯
封面插画：陈炜枫
封面设计：钱　祯

书　　名：	午后进入我房间
作　　者：	温凯尔
出　　版：	上海世纪出版集团　上海文艺出版社
地　　址：	上海市闵行区号景路159弄A座2楼 201101
发　　行：	上海文艺出版社发行中心
	上海市闵行区号景路159弄A座2楼206室 201101 www.ewen.co
印　　刷：	启东市人民印刷有限公司
开　　本：	1092×889　1/32
印　　张：	8.875
插　　页：	2
字　　数：	149,000
印　　次：	2025年3月第1版 2025年3月第1次印刷
ＩＳＢＮ：	978-7-5321-9240-3/I.7247
定　　价：	49.00元
告 读 者：	如发现本书有质量问题请与印刷厂质量科联系　T:0513-83349365